どーもの休日

近藤 彰
Akira Kondo

元NHK記者と家族の〈末期がん闘病記〉

風媒社

はじめに

この本は、ある日突然末期がんを宣告されながら、自らの命を生き抜いた近藤彰さんのブログ（パソコンで発表した日記）『どーもの休日』をまとめたものである。近藤さんは元ＮＨＫの記者だったこともあって、よく推敲された文章は簡潔で、折々の季節の描写が瑞々しい。書き始めてほどなく、予想をはるかに越える共感が広がりはじめた。多い月には、１万数千のアクセスがあったという人気ブログだ。

もともと勉強家ではあったが、発病後は記者として培った力を駆使して、がんに関する専門的なデータをしっかり集め、自分の置かれた状況を客観的に、淡々と記していく。近隣のあらゆる病院とその治療法を調べ、比較し、抗がん剤・免疫・食事などの各種療法を試みる。巷には、上から目線の解説や専門書は数知れない。しかしさまざまな煩悩や高額の医療費を抱えながら、まるごと生きているごく普通の患者の目線からは、終末医療の風景はどう見えるのか。終末期の〝うつ〟は避けられるのか。この記録は、後から歩く者にとっては、人生の終焉に向き合う際の、第一級の資料になっている。

　こういう記録の性質上、文章には、気持ちの揺らぎや、いくばくかのペーソスが滲むことは免れがたい。しかし彼は、読者に負担をかけまいと、ささやかな諧謔さえ散りばめていく。近付く「死」を受け容れる覚悟を秘めつつも、周囲をやさしく気遣っている。絵を描く趣味や、好きな食べ物への貪欲なこだわりも楽しい。ハマっているカラオケの歌詞や同時代の詩人の世界に己が心情を託し、幾層にも人生に対する洞察を重ねていく。寺やホスピスの見学などへの大胆な言及も、〝終活〟でありながら〝前向き〟で奥深い。

　迷い悩みながら、これまでの生き方を繰り返し見直し確認する姿勢。死と生への深く多様なまなざし。ユーモアをまぶして神さまと重ねる対話も、私たちにさまざまなヒントを与えてくれる。これらがかけがえのない自分史であるとともに、団塊の世代としての同時代史であることを、十分に自覚しながら書いてきたのだろう。

　そして市井のジャーナリストとしても、団塊の世代としても、忍び寄る自由と平和の危機、憲法や集団的自衛権の行方に対しては敏感だ。一緒に居酒屋で過ごしても、いつも日本とアジアとの関係を一貫して気にかけていた。近隣との信頼を築けない政治家への批判はきびしい。読書家だった彼は日本の古代・中世史への造詣が深かった。書かれているようにご両親のルーツが隠岐にあり、彼自身、幼少期をそこで過ごした。隠岐は古代日本と大陸との回路として、また後鳥羽上皇や後醍醐天皇も流されてきた島として、今また〝国境の島〟として強いられている緊張も、彼のセンサーを鋭敏にしていたに違いない。

長く産経新聞の記者をされていた父・近藤泰成さんは、隠岐の歴史を丹念に取材し、流人たちのその後や、無実でありながら流された人々の物語を掘り起こした。都の政争に巻き込まれていった島の人々を記録し、『隠岐・流人の島』、『隠岐・流人秘帳』などの優れたドキュメンタリーにされた。それぞれ司馬遼太郎が味わい深い序文を寄せている。

お母さん・斎藤清子さんも筆達者で、彰さんの生育期もふくめて丹念に日常を記録しておられた。あの戦争や国家主義がもたらした身の回りのもろもろの不条理・不正義に対し、素朴な激しい怒りを記し続けていた。また清子さんは歳をとってから大学へ入り、若い世代とつきあい、たえず自分を発見し直して生きた。その生身の記録は、昭和への鋭い批評でもあり、独特の〈生活者の思想〉に結晶していた。彼は、母の優れた生活記録に陽を当てようと随分心を砕いていた。そして自分の命の尽きる前年、背筋を伸ばしてすっきり生きた母の一生を『昭和に生きて』というみごとな小冊子として出版した。「身の丈の歴史を自ら記録していく」という彼の姿勢が、このブログにも現れているように思える。初任地として、たぶんＮＨＫの新人のほとんどは関心を持たなかっただろう鳥取局を選んだ彰さんの心の中には、ご両親の生き方がどのように意識されていたのだろうか。お父さん、お母さんの著書は、共に隠岐の図書館に収蔵されているという。

医師の予想をはるかに上回った生命は、ご家族との深い絆や仲間の思いやりによって紡がれてきたことは明らかだ。しかしそれだけではなく、見ず知らずの人たちからの温かい書き込みと、それに丁寧に応える近藤さんの対話から、読んでいる私たちも幾度となく励まされてきたことも言うまでもない。〝その日〟が遠くないことを感じて、私は元の同僚として、また道を探す〝同朋〟の一人として、おこがましくも出版を勧めた。彼は涙をこぼしながらも、迷うことなく同意した。そして迫る時間に追われながら、惜別の辞までも書き添えてくれた。闘病記というよりは、ほのぼのと温かい書簡として手にとっていただければ、カラオケ90点以上の笑顔をみせてくれそうだ。

津田正夫（元ＮＨＫプロデューサー、立命館大学教員）

もくじ

第1章

冬

(2013年1月−3月)

１．膵臓がん末期 余命１年

●２０１３年１月20日

１９４８年生まれ。去年10月に42年間のサラリーマン生活が終了。やっと悠々自適と思いきや12月には膵臓がんが判明。ステージは４ｂ末期。余命は１年の宣告を受ける。

膵臓がんの現実は大変厳しいものがある。進行がはやく転移しやすい。このため５年生存率は最悪。特に手術ができない患者は１年以内に85パーセントが死亡するというデータもある。

しかし嘆いてみても状況が好転するわけでもない。どうやって余命を伸ばすか。残された月日をどう過ごすか。

いずれにしても人生の幕引きをできるだけ能動的に模索していきたいと考えた。慣れないパソコンでブログを始めることにしたのも、その一環です。

どこまで続くかわかりませんが、奇跡を信じて……。

▼コメント

onggia ＾＾ コメント1号になったね。まさか、これからの人生というスタートでの非情な宣告……。友人の多くが旅立って行きましたが、人生の終幕を哲学的に生きてください。近く会いましょう。

＞＞オムザ様、第1号ありがとうございます。よくたどり着きましたね。毎日は大変なので毎週2、3本のペースで出せたらと思っています。

ひつじ ＾＾「ど～もの休日」拝見。誰もが遅かれ早かれ〝行く道〟ですが、先導者がレポートしてくれるのは、心強いものですし、同時代を経験してきた友人として、この道も対話・情報交換させていただきたいものです。しかし、なかなか名文ですね。意外に人気blogになるかも。PRします。

＞＞ありがとうございます。また原稿にむきあうことになるとは……ストレスにならない程度に頑張ります。

小川和久 ＾＾ さきほどは、どーも。ブログ、拝読し始めています。佐々木の徹チャンにもブログのことは教えておきました。その元気だったら、少し摂生していけば、ブログを何冊もの単行本にできるくらい書けるのは間違いない、と思いました。みんなを力づける内容だとも思いました。名古屋でお目にかかりましょう。

＞＞小川様　ありがとうございます。である調の文章に慣れていないので苦労しています。継続は力なりで続けたいと思っています。またご連絡ください。

佐々木てつ＞＞どーも。小川さんから聞き、お気に入りにしました。中部地方うまいものプチ情報。松阪＝「海津」の焼肉。松阪牛の網焼き。鳥羽＝「さざなみ」のエビフライ。
＞＞佐々木様　焼肉・エビフライとも大好物。三重県に2年住んでいたのですが、どちらの店も知りませんでした。いちど行きたいものです。

2.　慢性胃炎とピロリ菌

●2013年1月22日

すい臓がんは特有のはっきりした自覚症状がない。

このため早期発見が難しく、異変に気づき病院で診てもらったら、すでに末期でいうケースが非常に多い病気である。

私の場合も同じ。胃あたりに軽い不快感・痛みを感じたのは去年の5月ごろのこと。

自己診断ではストレス性の胃炎か胃もたれの感じ。そのうち自然に治るだろうと当初は楽観視していた。

しかし症状はなかなか改善しない。少し心配になって6月に近くの内科クリニックで診てもらう。このときの診断は慢性胃炎の疑い。胃薬を飲んでしばらく様子をみることになった。7月には胃がんを懸念して胃カメラを飲んだが、異常はなかった。

胃薬を飲んでも症状が改善しないことから10月に再度同じ内科クリニックで受診。このとき言われたのはピロリ菌に感染していると同じような症状がでるというものだった。早速1週間分の薬をもらい除菌にとりかかる。

薬を飲んでピロリ菌の除去できたかどうか。確認するためには薬を飲み終えてからさらに1か月ほどかかる。

11月に除菌できたか検査することになっていたが、症状は相変わらず。むしろ胃部付近の痛みは少し強くなってきたように感じる。

12月に入って同じ内科クリニックで症状を訴えたところ、提携している総合病院でいちどCT検査を受けてみてはどうかという話になった。

総合病院で造影剤を入れたCT検査を受けたのは12月3日。この時点でも、事態をあまり深刻に考えることはなかった。

そして運命の12月4日の朝を迎えた。

3. 人生暗転

●2013年1月23日

12月4日朝8時すぎ、自宅にかかってきた1本の電話が人生を大きく変えた。

近くの内科クリニックからだった。できるだけ早く来院してほしいという。

嫌な予感がした。CT検査で何か異常が見つかったということか。

電話を受けた女房とおもわず顔を見合わせた。


歩いて5分ほどのクリニックに急ぐ。

診察室に入ると医師は「すい臓に異常が見つかった。県のがんセンターか地元の総合病院で精密検査を受けてほしい」と告げた。

このときの詳しいやり取りは、あまり覚えていない。

しかし、がんセンターの名前が出てきたことで、がんの疑いがあるということは分かった。

精密検査は諸事情から自宅から車で1時間ほどの大学病院で受けることにし、診察室を出て女房にすい臓がんの疑いとメールした。

この年齢になると、がんはそんなに珍しい病気ではない。胃がん、大腸がん、肺がんなどで手術した先輩や仲間たちも数多く知っている。しかし、すい臓がんとなると……どんな病気なのか、知識は皆無に近い。帰宅してすい臓がんについて調べてみた。

「よりによって何ですい臓がんなんだ」というのが正直な気持ち。

想像していた以上に厳しい内容に気持ちが当然ながら落ち込んでいった。

夜は4人の家族会議を開催。できるだけ感情を抑えて冷静に話すように努める。大学病院での診察は教授の診察日が毎週月曜日であることから12月10日に決定。先行き不透明な中で急きょ家族旅行が決まった。12月8日・9日の1泊2日で奈良に出かける。興福寺が見える部屋を子供がとってくれた。

翌朝、部屋から眺めた五重塔には雪が積もっていた。奈良でこの時期に雪が積もるのは珍しいという。

去年6月に内科クリニックで診察を受けてから病名が判明するまで、結果的に半年かかった。

最初からCT検査ができる総合病院で診察を受けていたら……。

もっと早くわかっていたら手術できたかも……。

まったく人生一寸先は闇である。

4. がん告知

●2013年1月25日

すい臓がんの標準的な治療は外科手術・放射線・抗がん剤の三つ。このうち完治できるのは、外科手術のみ。放射線・抗がん剤治療では延命しか期待できない。

受診した大学病院は、このすい臓がんの手術では全国でもトップレベルの実績がある。

すい臓がんでないかも……という微かな期待。祈る気持ちで女房と二人診察室に入った。

同じ年配くらいの医師が事前に提出していたCTのデータ画像を見ていた。医師は手慣れた様子ですい臓付近の絵を描き説明を始める。

「ここがすい臓、ここが十二指腸ですが、すでに腫瘍に侵されています。病変から組織を採取する等さらに詳しく調べる必要がありますが……この画像を見た限りでは99・9パーセントすい臓がんだと思います。

リンパ節に転移し、腫瘍が周囲の主要な血管を巻き込んでいます。この段階ではもう手術はできませんね。」

「すると末期ということですか」

「ステージ4aというレベルだと思います」

「余命は3カ月くらいですか」

「そんなことはないと思いますが……」

がんの宣告を受けると、頭が真っ白になるという話をよく聞く。末期であれば、なおさらである。

しかし現実がうまく受け止められないのか、何か他人事のような感じさえした。

精密検査のため、13日からの入院が決まった。

少なくても3カ月は命が保証された。しかし生還の可能性は奇跡のレベルとなった。

半ば覚悟していたとはいえ、重い足どりで病院をあとにした。

２００７年の厚生労働省の調査によるとがんの本人告知率は66パーセント、余命告知率は30パーセント。この大学病院は本人告知をする方針の病院であった。

5. 入院初日

●２０１３年１月26日

これまで大病の経験はない。したがって入院も初めて。

何でも初めての経験というものはウキウキするものだが、今回の場合はさすがに気が重い。

12月13日。朝早くから病院の入院手続き窓口は大勢の人で混雑していた。

医療保険に入っていることでもあり、少し贅沢かとも思ったが、個室にした。４人部屋のメリットは患者同士の情報交換ができることだが、病状などは筒抜けでプライバシーは保てない。

となりの患者の鼾や唸り声で一晩中寝られなかったという話も聞いた。

病室は13階。窓からは長年勤務したビルやテレビ塔も見ることができた。

病院の着衣に着替えるとすっかり病人モード。

主治医・担当医・看護師・薬剤師などが次々に現れ自己紹介。

がん告知した医師は日常的には登場しない。医療チームのリーダーとして主治医たちを指導する立場のようだ。

日常的に面倒みてくれるのは担当医。大学病院の特徴か。30代の若い医師が多い印象。

その担当医が病状を説明。

「病名は膵頭部の局所進行性がん。リンパ節に転移していると思う。肝転移はないと思うが、肺転移については見方がわかれている。セカンドオピニオンについては協力する」などなど。

最近話題になっているガンワクチンの効用について聞いてみたが、

「効かないと思います」

あっさり。

少しがっかりした。


正午。初めての病院食は「ぶりの照り焼き」。薄味だが美味しかった。メニューはA定食とB定食の二つがあり選択できるのがありがたい。

午後はレントゲン・心電図などの検査。翌日の生検に対応するため点滴も始まる。

夜は朝から一日付き合ってくれた家族も帰りひとりとなる。

テレビは見る気になれず、インターネットですい臓がんの勉強。定年直前に購入したドコモの携帯電話「らくらくほん」が役に立つ。

泊りの看護師が2時間に1回のペースで様子を見に来ては声をかけてくれる。

就寝時間は午後10時。

入院初日はあわただしく過ぎて行った。

6. 生きかたを見直す

●2013年1月27日

どんな人がすい臓がんになるのか。発症メカニズムは不明だが、危険因子としては喫煙・高脂肪食と肉の食べ過ぎなども列挙されている。

煙草は一度も禁煙することなく1日1箱ペース。黒毛和牛をこの世で一番美味しい食べ物だと考えている人間である。がんになる資格は十分だ。

思えば好きなものを食べて、好きなように生きてきた。今更後悔してもと思っているが、家族を悲しませる結果になったことについては、やはり神妙な気持ちになる。

がん患者になって数々のがん予防に関する本を読んだ。共通している結論は、まず食事は食べ過ぎないよう腹八分目を心掛ける。野菜はたっぷり、肉・塩分・糖分は控えめに。運動はとても大切・血液はサラサラに、であった。

いずれもよく知られた内容で目新しいものではない。要は実行できるかどうかである。

アルコールはビール1本程度だが毎晩欠かさず40年以上。ケーキや和菓子も結構好き。薄味より濃い味が好き。

しかし歩くのはあまり好きでない。したがって体重は増えるばかり。長年にわたって「がん街道まっしぐら」の生活をしてきたことがよくわかる。

我が家はがん家系ではないので大丈夫、という根拠のない思い込みもあった。それでも胃がんと大腸がんは一応警戒していたが、すい臓がんは全く想定外であった。

人間ドックへの過信もある。毎年定期的に人間ドックは受診していた。しかし内臓の変化をみる腹部超音波検査で、すい臓は2年連続で一部描出不良。経過観察となっていたが、あまり気にはとめなかった。もともと今の一般的な人間ドックで、がんを早期に発見するのは相当難しいのだ。

加齢で免疫力は年々低下。若いころと同じ生活をしていては、がんになるリスクは格段に高くなる。

さすがに最近は軌道修正に取り組んでいる。もちろん禁煙である。減塩で薄味も我慢である。野菜ジュースと漢方薬も好きになるよう努めている。アルコールも少々。人生の楽しみを捧げたこれらの大幅な生活改善で果たしてガンの進行を止めることができるのだろうか。

7. 余生から余命に。どう生きるか

●2013年1月28日

なんとなく75歳くらいまでは健康で生きることができると思っていた。

いつか必ず訪れる死であるが、まだ先のことであると思っていた。

突然、末期がんの患者になって死は観念でなく身近なものになった。


もう10年以上も昔の話である。

かつての上司でお世話になったTさんが何の前触れもなく、「近くに来たので寄ってみた」と言って職場に訪ねて来てくれたことがあった。

久しぶりだし、遠来のお客である。普段なら「呑みに行きましょう」となるのだが、その日は、「他にも寄るところがある」ということで20分ほど雑談して別れた。

しばらくしてTさんの訃報が届いた。

上京して東京での葬儀に参列しながら、あの時は別れに立ち寄ってくれたのだ。余命があとわずかということを相手に話せば、相手も受け答えに困るであろう。そんな配慮をして何も告げることなく帰ったのだと思った。

現役時代から気配りの大切さを教えてくれた神経細やかな上司だったからだ。

Tさんらしい「死の美学」に感銘を受けた。


余命1年の宣告を受けて正直どうしようかと悩んだ。

末期がんであることを家族以外にどこまで知らせるか。

残りの人生をどう生きるか。どういう死にかたをしたら良いのか。

生きかたを問うことは死にかたを問うことであり、
死にかたを問うことは生きかたを問うことでもある。

まるで禅問答のようだが、悩んで出した結論は、

「末期がんであることを、むしろ積極的に明らかにし、残された歳月は自然に粘り強く生きて行く」ということだった。

誰にも知らせることなく、ひっそりと死を迎えるのはやはり切ない気がしたからだ。

強い精神力がないととても出来そうにもない。人に話すことで気持ちが少しは楽になり頑張ろうという気にもなる。

これまで大勢の人に世話になり、迷惑もかけて生きてきた。最後にまた迷惑をかけることになるのは心苦しい限りだが、浮世の縁ということで許してもらおう。

もう一つの理由は「うつ」になるのを避けたかったこともある。

末期患者の大敵は「うつ」であるからだ。

気持ちが落ち込めば免疫力は大幅に低下する。

免疫力が低下すればがんの進行が早まることになる。

人生の土壇場になって自己の能力を顧みずブログを開設したのは、良い意味で開き直った生きかたをしようと思ったからである。

Onggia＾＾ 実は10年間有効のパスポートを取得し、定年になったらパリに行こうと話していました。一度も使用しないのもしゃくなので検討したいと思います。

8．抗がん剤治療始まる

●2013年1月29日

入院9日目。12月21日。教授から組織検査の結果と今後の治療方針が示された。

「病名は膵頭部局所進行がん。生検でも確認されました。ステージは4b。99パーセント腹膜転移あり。余命1年。腹水も少し溜まっている状態。手術、放射線治療は不可能で抗がん剤のみの治療。ジェムザールという抗がん剤を使うことになると思います。今後バイパス手術などが必要になれば、当病院で対応します。日常生活の注意点は特にありません。旅行はしてもよいですよ」

ほぼ予想した通りの話だったが、生検の結果を告げられ微かな期待は消えた。すい臓がんの厳しさを再確認する。

後は余命を伸ばすための戦略を練らねばならない。

漢方医療・免疫療法・食事療法・健康食品などなど。余命2年を目指したいと思った。

入院14日目の12月26日。

抗がん剤治療が始まった。ジェムザール（ゲムシタビン）は、すい臓がんに使用される。標準的な抗がん剤である。

週1回の点滴注射を3週続けて4週目は休み。このサイクルを繰り返す。

通院でも点滴できるのだが、初めてであること、副作用の出方もわからないことから、入院中に実施することになった。

抗がん剤を点滴する化学療法室。1日に多い日には50人前後が受ける。中には母親に連れられた子供の患者もいる。

点滴開始の前に血液検査で白血球などを確認。問題なければ、まず副作用防止の薬を15分、次いでとジェムザールを40分ほどかけて点滴注射する。

抗がん剤も次々に新製品が登場し副作用も昔ほどではないというが、正常な細胞にもダメージを与える。いまも猛毒であることに変わりはない

すい臓がんには抗がん剤が効きにくい。

当初は効いて腫瘍が小さくなっても、半年くらい経ってがん細胞が抗がん剤に慣れてくればやがて効かなくなる。

多くの患者が悩むのは次の第2ステージに突入するかどうかだ。別の抗がん剤に切り替えて治療を続けるか。しかし危険な賭けでもある。治療を続けたくても副作用で体力が衰弱し途中でやめる人も少なくない。抗がん剤投与を断るのは、もちろん患者の自由意思に任されている。末期のがん患者は常に自分の責任で判断していかねばならない。多くの患者が少しでも延命を図ろうと民間療法や免疫療法などの世界へ、やがて「がん難民」の道を歩くことになる。

決して他人事ではない。私自身も数か月先にはこの厳しい判断に迫られることになるのだ。

9. 退院

●2013年1月30日

12月27日。退院の日が来た。前日の抗がん剤で顕著な副作用が出なければ退院してもよいですよと言われていた。正月は自宅で迎えさせてあげようという配慮のようだ。朝早く担当医が診察しＯＫが出た。

初めて入院し、感じたこと。医師の労働時間だ。朝早くから夜遅くまで激務が続く。土曜日・日曜日にも病室を回っているので、「いつ休むのですか」と尋ねたくらいである。正午を過ぎても患者がいれば当たり前のように診察を続けている。中井貴一がナレーションを務めている『サラメシ』というテレビ番組がある。いちど医師も取り上げ紹介してほしいものだ。

毎日多くの患者に接し、多くの人間の死に立ち会っている医師にとって死は日常である。患者の個人的な感情にいちいちお付き合いしていては精神的にも肉体的にも大変だろう。

一方患者は自己の死と向き合うのは非日常の初めての体験。病気に対する知識も乏しく、おろおろするばかりである。

この意識のズレは、なかなか埋めがたい。医師と患者との信頼関係を築くことは、とても大切なことだが、こんなに忙しくてはおのずと限界もあるだろうと感じた。看護師は完全なローテーション。日勤・夜勤・泊り勤務などこちらも重労働であることはよく知られているところだ。めまぐるしく担当者が変わっていく。恐縮にも背中までふいてくれて、夜中も2時間に1回くらいの割合で様子を見にきてくれた。「愛染かつら」の時代とは違うのだろうが、今もやはり白衣の天使であった。こちらが末期患者ということもあってか、みなさん優しかった。

15日間の入院生活お世話になりました。ありがとうございました。

10. 家族の絆

●2013年2月1日

自宅近くにある焼肉店。よく店の前を車で通過するのだが行ったことはなかった。看板を見ると松阪肉の専門店のよう。値段も相当高そうで敷居が高かったためだ。子供が将来、会社で出世したら行ってみようと半ば冗談で話してから10年近い年月が流れた。

退院して久しぶりに我が家に戻ってきた。病気が病気だけに退院祝いと喜ぶわけにもいかないが、これがラストチャンスかもしれない。家族の意見が一致して店を予約した。12月30日である。故郷で正月を迎えようと帰省してきた家族連れなどで店内はいっぱい。どこのテーブルも子供たちが主人公で賑やかである。

つい20年ほど前は我が家もそうであった。子供がすっかり成長して頼もしくなったのは親としてはもちろん嬉しいのだが、人の親となって一番幸せだったのは子供が小学生くらいまでだったようにも思う。

月日は流れ季節は巡る。本当にあっという間である。

さてがん患者である。いつも真っ先に注文するのはカルビなのだが、さすがに健康を考えて脂肪の少ないロースにした。ほかにタンなどを少々。味はなかなか美味しかった。値段のほうもリーズナブル。これならもっとはやく来ればよかったと思った。

食事の後はカラオケへ行った。父親はどんな歌が好きだったのか。家族にも覚えていてほしい気もした。それにカラオケは気分転換で免疫力を高める効果も期待できるのだ。酒も呑まずに歌うという経験はない。家族の前で歌うというのも妙な気分である。最初は調子が出なかったが、それでも懐メロを中心に10曲ほど気分よく熱唱。女房と子供たちもそれぞれの持ち歌を披露。泣いたり笑ったり。楽しい2時間だった。

夜遅く自宅に戻る。いつもは各自それぞれの部屋で寝るのだが、この夜は昔の社宅暮らしの時のようにリビングに布団を敷いた。そして久しぶりに親子が川の字になって寝た。父親が末期患者になって1カ月。それぞれの思いがあったことだろう。いつもの年より家族の絆を感じる年の瀬の一日であった。

11. 新年を迎えて

●2013年2月3日

人の運命はわからない。
しかし余命1年がそのとおりだとすると、今年が最後の正月ということになる。
気にしないと言えば嘘になるが、気にしても仕方がない。

正月はいつもの年と同じようにデパートから届いたおせち料理を家族揃って食べた。そして午後からは初もうでに出かけ家内安全を願った。いつもと違ったのは年賀状を年末には投函しなかったことぐらいである。入院・退院など物理的に忙しかったこともあるが、やはり精神的にも年賀状を出そうという気になれなかったためだ。

今年の年賀状は受け取った人にだけ書くことにしたが、迷ったのは病状を正直に書き添えるかどうかだった。

末期患者になったことは隠さない。むしろ積極的に明らかにするという今後の人生指針はすでに決めている。しかし年賀状を受け取った人も、やはりどう対応してよいか困るだろう。

こう考えて、結果的には書き添えなかった人もいる。

年末から始まった抗がん剤で腫瘍が小さくなるかどうか。効果が出ているかどうかの判断は、3クールが終了した時点、つまり3月の末ごろになるという。

今のところ副作用も味覚障害が少しあるくらいで思ったほどではないが、やはり生活の質は確実に下がっていくであろう。

肺や肝臓への転移も心配だ。転移すれば生活の質どころではないだろう。十二指腸が閉塞すれば胃と小腸のバイパス手術も必要となるかもしれない。

いずれにしても今年が厳しい1年になることは確実である。

時にはがんと闘い、時にはがんと共存しながら最後まで希望を失わないで頑張ろうと誓う。

12. 漢方治療開始　●2013年2月4日

西洋医学から余命1年の宣告を受けた。

余命を伸ばすには何をすべきか。まず漢方を思った。鍼と漢方薬だ。何と言っても紀元前からの歴史がある。

がんに対して漢方は果たして効くのだろうか。

結論は漢方だけで、がんを治すのはやはり無理なようである。しかし症状の緩和や抗がん剤の副作用を減らす効果などは期待できると積極的に漢方を取り入れているところはあった。がん患者の余命を伸ばすなど成果をあげているという漢方研究院がN市内にあることを知人に教えてもらった。

院長は本場中国で豊富な治療実績があるという。1月初旬から鍼治療を開始。漢方薬も飲み始めた。

鍼は1週間に1回。顔面など全身の30か所以上にうつ。所要時間はおよそ1時間あまり。鍼はこれまでも経験はあるが、鍼が太いのか結構痛い。本場はさすがに違うと顔をしかめながら思う。

漢方薬は毎日。10種類以上の生薬を混ぜた漢方薬や粉末人参などをお湯で溶かす。1日にコーヒー茶碗にして10杯ほどの量を飲むのである。

「良薬は口に苦し」毎晩寝る前に飲むのだが、修行僧の心境である。子供の時のように錠剤なら飲みやすいのにと、つい思ってしまう。

漢方が、がん治療にどこまで効果をあげているか判断するのは難しい。

個人によって効くという人もいるし、全く効かないという人もいる。

私にとっても抗がん剤の副作用が今のところ軽く済んでいるのは、鍼治療と漢方薬のお蔭かもしれないし、そうでないかもしれない。

患者にとっては何とも心細い話だが、「信じる者は救われる」である。しばらく通ってみようと思っている。

漢方治療を始めるにあたって、困ったことは西洋医学と漢方がほとんど連携していない点であろう。

多くの医師や薬剤師にとって漢方は遠い世界である。主治医に漢方治療も受けたいと承諾をもらうだけでもそれなりに小さな勇気がいる。がん治療に漢方を取り入れている病院があまりにも少ないためだ。

健康保険が適用されないケースが多いのも患者にとって辛いところ。現在通院している漢方医院の場合は自由診療で毎月の経費は鍼治療・漢方薬あわせて数万円かかる。年金生活者としては決して少額ではない。

西洋医学から余命を宣告された末期患者としては、たとえ科学的根拠が乏しいと言われても、漢方に寄せる期待は大きい。特に難治がんの治療では多くの病院で西洋医学と東洋医学が連携して対応する日が来るように願っているのだが……。

13.「がん温熱療法」スタート

●2013年2月8日

抗がん剤・漢方に続いて「がん温熱療法」を新たに2月7日から始めた。

がん細胞が正常細胞に比べて熱に弱いという性質を利用した治療法である。

温熱療法は腫瘍の部分を42―43度に温めることで腫瘍を縮小したり、大きくならないよう抑えたりすることができる。しかも副作用はほとんどない。

手術ができない患者にとってはぜひ試してみたい温熱療法。

しかし残念ながら地域の拠点病院で温熱療法を実施している所は稀である。私の住んでいる県でも、2カ所の個人病院が実施しているだけであった。

このうちの1か所が幸運にも自宅近くにあった。前から注目していた治療法だったので、さっそく受診した。

診療所は完全予約制。1回あたりの治療費は健康保険がきかない自由診療で3万円である。

問診のあと、さっそくサーモトロン－RF8という装置がある温熱治療室へ。

CTとよく似た診察台に仰向けに寝る。

高周波発生装置の電極で患部は挟み込まれるように固定される。

腹部と腰部を同時に加温していく。

最初は患部が温められ気持ちが良い状態。やがて温度が上がってくると汗が出てくる。

腹部は脂肪が多く熱が溜まりやすいのか、低温火傷になるのではと少し心配になった。

治療時間は45分であった。

温熱療法は抗がん剤と併用すれば、より効果が期待できるという。当面は週1回のペースで治療に通うことにしている。

温熱療法は手術・放射線・抗がん剤のような標準治療になっていないが、1996年からは全面的に保険適用となった。

しかし多くの病院が現行の保険点数制度で本格的に取り組めば赤字になると温熱療法の導入に消極的であると言われている。

したがって実際には温熱療法を保険で受けられない地域が多く、多くの患者が治療を受けたいと思っても諦めるしかないというのが現状のようだ。せめて全国のがん拠点病院では、温熱療法が保険で受けられるようになってほしいものである。

14. 父からの贈り物

●2013年2月9日

我流でもちろん下手なのですが、気が向いたときに油絵で風景画を描いてきました。

定年後に計画していたヨーロッパのスケッチ旅行。10年間有効のパスポートを取得し、今年はパリに行く予定でした。

すい臓がんで余命1年と分かったとき、2人の子供たちからいろいろリクエストがあ

りました。そのうちのひとつが風景画を描いてほしいというものでした。

気落ちした父親を励ます意味もあったと思います。子供たちに残す財産と呼べるようなものはありません。せめて下手な絵でも父親の思い出になればと思い描き始めました。

これはその第1号。去年の秋に娘が中部ヨーロッパに旅行した際に撮った写真を見て描いたチェコの首都プラハの風景です。

定年後は本格的に油絵を習って、少し上手になったら一度展覧会に出品してみたいというのが夢でした。

いつまで描けるか分かりませんが、毎月1枚のペースで描けたらと思っています。

▼コメント

瀬戸のダボ＾＾画が描ける。字も下手なら画を描くなど想像だにできない私にとって、素晴らしく羨ましい限りです。プラハ城もヴルタヴァ川河畔も、中世の建物も、街全体がバランスよく配され、清潔なプラハを思い出しました。二度も三度も訪れたい街です。パスポート絶対使ってください。次の作品を待ってます。

＞＞今後の治療計画を考えるとヨーロッパ旅行は無理。しかしパスポートを1回も使用しないのはくやしいので、せめて韓国くらいはと検討中です。

mirakurupurin＾＾初めまして、purinと申します。新着記事を見ていたら、とても素敵な絵が載っていたのでふら～っと、このブログに入ってしまいました。ずーっと見ていられます。水の穏やかな流れと、空の色がとても素敵です。^^

ななみ＾＾はじめまして、ななみと申します。どーもの休日拝読し、深い感銘を受けています。自分はどーもさんのように強く優しく、誇りと愛に溢れる生き方ができるだろうか？　毎回感じることが多くて…。いろんな意味で心励まされています。これからもよろしくお願いします。それから、アジアでは台湾も素敵なところですよ！

＞＞purin様　ありがとうございます。川は割合すんなり描くことができましたが、空は試行錯誤しました。薄紫を少し入れたら少しは見られるようになったかなと自画自賛しています。

＞＞ななみ様　過分のお言葉をいただきありがとうございます。台湾も行きたいところですね。故宮博物館も見てみたいし、本場台湾料理も魅力的です。

15. エンディングノート

●2013年2月11日

書店には専門コーナーも設置され、注目を集めているエンディングノート。団塊の世代がターゲットであろうと思っていたが、若い世代でも人気があるらしい。末期がんと分かった時、娘がノートを購入してきた。いつか結婚するであろう。「父親としてのメッセージを残してほしい。孫の名前も考えて」とのこと。話を傍で聞いていた息子も頷いた。

そういう時が来るかは「神のみぞ知る」だが、承知してノートを受け取った。

早速開いてみると、「亡くなった人に、もう何も聞くことはできません。いつか聞こうと思っていたのに……」ということにならないために書き留めておく私の家族ノートとある。

第1章は自分の両親について。両親の家庭環境から趣味、自分が誕生した時の様子、生まれ育った家の見取り図などを親から聞き取り書くようになっている。

第2章は自分自身について。誕生から幼児・思春期のころ・就職・結婚などこれまでの人生を振り返る自分史である。

第3章は子供に伝えておきたいこと。子供が生まれたときの心境や一番の思い出などを書き残す。

そして最終章は今伝えておきたいこと。葬儀の方法から財産分与まで。遺言である。

付録に資料編もあった。

たとえば私が社会人となった昭和46年を見ると、ニュースは「沖縄返還協定調印」・「ドルショック」。歌はレコード大賞が「また逢う日まで」。流行したもの「カップヌードル」・「脱サラ」。大河ドラマは『春の坂道』とあった。

日頃思っていても本人を前にしては話しづらいこともあるし、照れくさいこともある。

しかしノートになら書きやすい。

結婚する子供に果たして父親らしいメッセージが残せるだろうか。孫の名前は付けてくれるかどうか分からないが、男の子用と女の子用二通り考えておかなくては……。

まだ空白が多いノートであるが、ゆっくり空欄を埋めていけたらと思う。

短信　2月11日

朝一番に苦手な漢方薬を飲む。最近運動不足なので散歩と思ったが、結局は寒さに負けて外出せず。
　ブログのコメント返信と今後の原稿チェック、油絵も少し描く。手紙3通も書く。

▼コメント

あきるー＾＾エンディングノートは私も持っています。病気でいろいろ苦しみ、検査で死にかけたことで、吹っ切れたのですが、いつ何があるか分からないと実感して、ノートを書き始めました。既製のものは使いにくかったので、普通のノートに書いています。残された人の役に立つだけでなく、自分を振り返るのにも結構役立ちます。抗がん剤が効いているようで、ひとまず安心ですね。

＞＞あきる様　ありがとうございます。購入する人の半数くらいは若い人だと聞きましたが、本当にそのようですね。こちらは既製のものを買って一部内容を手書きで変更し使っています。将来自分史を作るときに役立つとよいですね。

16. 昴《すばる》 ●2013年2月12日

末期患者になって大勢の人から励ましの言葉をもらう。とても嬉しく生きる力になった。会社の同期生からの便りでは過ぎ去りし日々を懐かしく思い出した。

入社したのは昭和46年。同じ職種の同期生は31人だった。3か月の研修期間中は寝食を共にした。近くの公園で実技研修をしたこと、記念植樹をしたこと。それぞれの初任地が発表になった時は、みんなで盛り上がったことなど思い出す。

全国各地に赴任した同期生のその後の人生は実に様々である。ほとんどが最終的には東京に住居を構えたが、私のように地方に住んでいる人間もいる。

あっという間に42年の歳月が流れた。我ら団塊の世代は定年退職し、思い思いの年金生活がスタート。年老いた親のことを心配し里帰りする人、自分自身や家族の病気に悩んでいる人、子供が結婚し孫に恵まれた人もいれば、子供がなかなか結婚せず、やきもきしている人。まだ気力・体力とも十分とアルバイトを始めた人、もちろん趣味や旅行で人生を楽しんでいる人も多い。

現役時代はお互いに忙しくゆっくり話す機会もなかった。今は日常の関心事についても共通するものが多くなった。会えばこれまで以上に話が弾むだろう。

もう20年以上も昔の話。

確か同期生の一人が海外に赴任することになり、みんなが送別会に集まった。まだ若く働き盛りの年齢。

当時カラオケがあったかどうかは覚えてないが、最後に出席者全員で谷村新司の『昴』を肩組んで歌ったことはなぜか鮮明に覚えている。

目を閉じて何も見えず　悲しくて目を開ければ
荒野に向かう道より　ほかに見えるものはなし
ああ砕け散る宿命の星たちよ
せめて密やかに　この身を照らせよ

我は行く　蒼白き頬のままで
我は行く　さらば昴よ

春になり暖かくなったら上京して同期生に久しぶりに会えたらと思う。そして最後にまた、みんなと『昴』を合唱できたらと思う。

短信

朝早くから病院へ向かう。9時前に病院到着。血液検査を経て6回目の抗がん剤投与。終了したのは正午過ぎであった。

各種データから判断して抗がん剤は今のところ効いているように思うがどうであろうか。

17. 食事療法苦戦中

●2013年2月14日

抗がん剤・漢方・温熱療法とあわせて取り組んでいるのが食事療法。

専門書によると食べるのは避けたほうが良いとされる食品は、肉類、卵、ヨーグルト以外の乳製品、カツオ、マグロなど鉄分が多い赤身の魚。

いずれも長年お世話になってきた好物である。

逆に積極的に摂取したほうがよい食品としては、玄米、ニンニク、キャベツ、大豆、人参、セロリ、たまねぎ、ピーマンなど。

どちらかと言えば好物というほどではない食品が多い。

簡単に言えば玄米を主食に副食は野菜中心にというわけである。

食生活の大切さは理解しているつもり。しかし長年の食習慣を変えるのは思ったより大変であることを実感している毎日である。

朝起きたらまず、ゆっくりと白湯を飲む。朝食前にはヨーグルト。梅干しも欠かせない。

飲み物はコーヒー、紅茶をやめて緑茶である。食パンにバターをたっぷり。というわけにはいかない。

昼食は麺類が中心であっさり。「パスタ」ではミートソース、「ざるそば」では天ざる、「ラーメン」ではチャーシューメン。いずれも我慢である。

夕食は腹八分目を心掛ける。肉料理が減って魚料理が多くなった。

味噌汁の具は野菜。夕食のビールは特別な日だけの限定メニューに格下げとなり、代わりに果物と野菜のミックスジュースが定番となった。


がん患者のために、あれこれ気をつかってくれる家族には申し訳ないが、どうも食べ物への執念は我ながら相当強いようである。

食事療法が効果のほどはよく分からないが、正直苦戦しているのが現状である。

もし元気で最後の晩餐が食べられるとしたら、まず極上ワイン、つまみはトロの刺身、ズワイガニ、アワビのステーキ。そしてメインは松阪牛のすき焼き。デザートは大粒のイチゴとアイスクリームをお願いしたい。

これら特別メニューをゆっくり味わって大往生といきたいものである。

短信

午後から2回目の温熱療法に出かける。45分間の治療時間中はバロック音楽が流れているが、何もしないので退屈。看護師さん「好きなCDを持ち込めば、流します」とのこと。来週は70年代フォーク特集でも持って行こうか。

▼コメント

ひつじ＾＾このブログ、女房も熱心な読者ですが、「ほんとうにお肉好きなんやね！」といたく同情の感想。僕にはダメダメとのたまうのに。映画「エンディングノート」にも出てきましたが、アワビのステーキというものも、なかなか涎がこぼれますねぇ。

＞＞志摩の某有名ホテルのアワビステーキは美味しかったです。高いので一度食べたきりですが……。奥様に感謝の気持ちを込めてご馳走してあげてください。

あきるー＾＾食べたいものを美味しくいただく方が幸せだと思います。好きなものを我慢するのは、かえってストレスになりませんか？　病気に効くかどうかわからないのなら、楽しいことを優先させた方が良さそうな気がします。食事は楽しくて美味しいのが最高！　楽しく気持ちよく暮らし方が、良さそうに思えますが……。

＞＞あきる様　ご心配ありがとうございます。ストレスを感じて食欲が落ちては具合が悪いので、肉類や甘いものも適当には食べています。油断すると元の木阿弥なので多少気をつかっていうレベルです。

18. 心模様

●2013年2月15日

人間の欲望は誠に限りがないものであるが、さすがに60代に入ると少し淡泊になってくる。

マイホームはモノでいっぱい。それなりの充足感もあるのか、もう欲しいものはあまりない。むしろ、どう身辺整理するかに関心が移る。

がんの末期患者ともなれば尚更である。モノに対する関心や執着はどこか遠くへ行ってしまった。勲章などの名誉欲も本来持ち合わせていないので、つまり無欲。さっぱりした心境である。社会に対する関心も冷めた目となる。

今の風潮や世相などには正直言うと批判的である。日本全体があまり良い方向に向かっていない気がして懸念している。たくさんの人が亡くなっても……大きな被害が出ても……「喉元過ぎれば」である。戦争然り、原発然りである。

歴史は繰り返すのか。進歩するのか。

しかし、もう時代の責任を負う立場でもあるまい。いずれにしても未来のことは若い世代に任せるしかないではないか。

物事に対する「こだわり」からも卒業である。

こうしなければならないとか。こうあるべきだとか。これまでこだわってきたことが、どうでもよいことに思えてくる。

人生に「こだわり」が必要なときは当然あっただろうが、「こだわリ」過ぎたことはなかったのか。

過去を振り返っての反省もある。我を通したり、どうでもいいことに腹を立てたり、他人を羨ましく思ったり、ストレスを溜めただけである。

もっと肩の力を抜いて、やさしく生きてゆけなかったのか。赤面するばかりである。

一日がとても速く過ぎていく。

残りの歳月を考えると毎日が愛しい。

本当に大切なもの。そのために貴重な時間を使おうと思う。

19. 一筋の光明

●2013年2月18日

末期患者が余命を知ってから死を迎えるまでの行動パターンに共通性があるという。「死ぬ瞬間・死とその過程について」というスイスの精神科医キューブラー・ロスの研究である。

数多くの末期患者にインタビューし、その心理の過程を探ったもので、がんに関する本を読むとよく紹介されている。

それによると、

第1段階・否認（事実の否認）

第2段階・怒り（理不尽だ）

第3段階・取引（生き延びるためになんでもする気になる）

第4段階・抑鬱（うつ状態）

第5段階・受容（現実を受け入れる）を経て
最後は穏やかな死を迎えるという。

もちろん行動パターンには、個人差もあるが、概ね似たような傾向を示すとされている。

余命1年と宣告された私の場合はどうであろうか。

第1段階と第2段階はすでに通りすぎた感じである。

そうすると現状は第3段階、そして次にくるのは第4段階。「うつ」に突入することになる。

とにかく相手はがんの中でも最強のすい臓がんである。希望的観測というのは承知しているが、最近はもしかすると「うつ」は回避できるのではと思うようになってきた。

理由はある。ひとつは末期がんを明らかにしたことで病状を隠すストレスが無くなったこと。もうひとつは抗がん剤の副作用が予想より軽く食欲もあまり落ちていないことである。

想定外の理由もある。ひとつはこのブログである。家族に背中を押され始めたが、やってみると結構面白い。それなりに何を書くか、ネタ探しなどには頭を悩ませてはいるが、それも励みになる。コメントやメールの反響は嬉しい。

もうひとつは油絵。うまい下手は全く気にせず無心に描く。目標があれば毎日の生活は何であれ充実するのだ。肝心なのは日常が忙しければ落ち込んでいる時間はないということである。

余命期間中で最も期間が長いであろう第4段階。目標は「うつ」にならないことである。そのためには引き籠らない、適度に忙しい毎日を送ることがとても大切なことだと考えている。

そしてこの期間が命輝く日々であれば、最終の第5段階もきっと変わってくるに違いない。それは諦めに近い「受容」ではなく、もっと昇華した「一筋の光明」に繋がるものではないかと期待するのだが、どうであろうか。

短信

朝から雨。今週は抗がん剤が休みの週。したがって一番体調が良いはず。

ブログ原稿チェック。油絵手直し。読書と手紙。午後はビデオ見て漢方薬の勉強。参考になる。

20. 韓国歴史ドラマ

●2013年2月20日

がん患者にとっての健康法で最も手軽なのは散歩である。がん細胞は酸素が苦手、特に深呼吸されると嫌がるそうである。

近くに公園もあるので毎日でも出掛けたいと思っているが、まだ連日寒い日が続く。抗がん剤で免疫力が低下している身である。風邪でも引いたら大変と言い訳して、ここ数日は自宅で終日過ごしている。

そういう時は韓国の歴史ドラマのお世話になることが多い。『チャングムの誓い』以来の時代劇ファンである。

日本で制作されている歴史ドラマに比較して、韓国の歴史ドラマは素人から見てもレベルが高いとは到底思えない。それでも面白いと思うのは、こちらが韓国の歴史を知らないためである。

実話に基づくドラマが多いのも魅力的だ。多少の脚色はあるだろう。韓国側の視点ということも割り引く必要があるが、韓国人が日本人や中国人をどう見ているかなどもわかって興味深い。

テーマはほとんどが朝廷を舞台とした男と女そして権力争い。日本に比較して女性の活躍が目立つ。冊封体制の中での中国との複雑な関係もよく分かって面白い。表面は友好的で軍事・経済面では頼りにしているが、干渉には反発している。まるで今の中国と北朝鮮との関係を見るようである。

特に関心を持って見たのはKBSが2001年から2002年にわたって124話で放送した『明成皇后』だ。事実上最後の朝鮮王朝の王妃が主人公のドラマ。あくまで韓国の視点だが、日韓併合への道筋が描かれている。日本に対する優越感と劣等感が入り混じった複雑な感情がよく理解できる。これは現在の竹島問題にもつながるものである。

関心ある方はレンタルビデオ店でどうぞと言いたいが、何しろ韓国歴史ドラマは見終わるまでに100時間を超えるものが珍しくない。時間的余裕と根気が必要である。

残り時間に限りがある私にとっては、そろそろ卒業しなければと思っているのだが……。

21 がんの医療費

●2013年2月21日

がん患者になって医療費にも関心を持たざる得ない立場になってしまった。

手術・放射線・抗がん剤の標準的な治療だけで済めば、毎月の自己負担額が一定額を超えた場合に一部が戻ってくる高額医療費制度が利用できる。

しかしそれでも年金生活者にとっては大きな負担であるのは間違いない。

がんの医療費で問題となってくるのは医療費の負担が長期にわたることだが、それより深刻なのは自由診療を選択しなければ治癒あるいは延命が望めない場合が多いことだ。

社会保険が適用される標準治療だけであとは何もしないという人は実際にはあまりいないのではないか。

治癒は無理だと思っていても延命を図るためにあれこれ考えるのが人情である。

放射線治療が可能なら最新の陽子線・重粒子線の治療を受けたい患者は多いはず。効果が期待でき副作用は少ないと注目されているが、現状では自由診療で300万円前後が相場である。効果があると言われても、誰もがすぐ決断できる料金でない。

免疫療法に可能性を見出そうという患者も多い。しかし、こちらもほとんどが保険で治療が受けられない自由診療の世界。調べた範囲ではひとつの免疫療法で200—300万円といったところが多く、こちらもため息である。

温熱療法や漢方でという人も多い。これらも保険の適用範囲は限られている。地域によっては保険適用で治療してくれる病院がないところも。自由診療ではかなりの出費を覚悟しなければならない。

サプリメントも、高額な商品も目立つ。例えば、がんにも効くとして人気がある「冬虫夏草」について漢方医に尋ねてみたところ「大変種類が多くピンからキリまで。良質なものは1グラム1万円」という返事だった。

あれこれ手を出していくと破産してしまいそう。

がん保険に入っているかどうかや、個々の経済事情で違うと思うが、医療費の負担もそれなりに限りがある。多くの人にとって何を選択するのか悩むところである。

がん患者の闘病記を読んでいたら、末期患者になっても家族のために毎日働き続ける人がいた。がんの医療費を考える前に生活を支えることが先決なのだ。

毎月数万円の抗がん剤の費用が捻出できなくなり投与を断念。亡くなった人もいた。何か切なくて記憶に残っている。

短信

午後は3回目の温熱療法。治療時間中は退屈なので持ち込んだCDで小椋佳の「さらば青春」を久しぶりに聴く。若いころLPレコードを買ってよく聴いていたのを思い出す。

40年後に温熱療法のベッドで聴く運命が待っていようとは……。歳月の重みをしみじみ感じる。

22. おやじの味

●2013年2月22日

料理は好きなほうで日曜日にはよくキッチンに立ち夕食を作った。（ただし片付けは女房である）家族の評価が高かった料理は三つ。

家族に残すこだわりレシピ。ひとつはビーフシチュー。美味しさの決め手は何と言っても牛肉であるが、大切なのは玉葱。とにかく時間をかけてフライパンで炒める。焦げないよう弱火である。サラリーマン生活で培った忍耐力が役にたつ。

次は天ぷら。エビは車海老に限る。これはサラダ油の温度がポイント。温度は高めでさっと揚げるのがコツである。もっとも女房曰く「温度が高いとサラダ油が不経済」だそうである。

最後は栗きんとん。毎年秋になるとスーパーマーケットで大きな栗を探した。栗はわざと粒が残るように、スリコギで少し荒目につぶす。砂糖は少なめで素材の味を重視した。家庭でも簡単に作れ、味も老舗のものと遜色ない出来栄え。自分で作ればとにかく美味しいのである。

おやじの味が女房の味を上回ったのは無論理由がある。

素材にこだわること・材料費のことはあまり念頭にない。

調理時間をかけること・美味しいものを食べるには時間がかかるという哲学。

「主婦は経済を考えて料理を作るのです」「調理時間も手早くしないと」と言われると、ハイその通りである。


定年後は料理教室にも通ってさらに腕に磨きをかける予定だった。和菓子作りにも挑戦したかった。すべて計画倒れで誠に残念である。

これから何回ぐらい、おやじの味を提供できるか分からない。これまでより材料を吟味して、これまでより時間をかけて究極の味の記憶を家族に残していきたいと思う。

短信

学生のころからひとり暮らしをしていた長女が本日マンションから引き揚げ、自宅に戻ってきた。経費削減に努めて少しお金を貯めるつもりらしい。今日は引っ越しで慌ただしい一日となった。家族4人が揃って暮らすのは8年ぶり。また賑やかになる。心強い限り。

▼コメント

あきるー＾＾お料理好きなのですね。うらやましいです。我が夫も昨秋から月に１回の料理教室に通い始めましたが、「おやじの味」などというものが作れるようになるのは、まだまだ先だと思います。時間とお金と愛情をタップリ使って美味しい料理を作ってください!!　家族４人での暮らしになれば、ますます作り甲斐がありますね。

町田のＡ＾＾おやじの味とは素晴らしいですね。私もスローライフを見据えて料理教室に通い始めました。おやじの味まではほど遠いですが「食」への関心が一味違ってきました。ひとつでもおやじの味が出来ればと思います。

＞＞あきる様　料理教室に通ってみようと思うご主人なら上達も早いことでしょう。すぐ美味しい料理が食べられるようになりますよ。楽しみですね。こちらも頑張って究極の味めざします。

＞＞町田のＡ様　長崎に負けないような本格的なカステラをつくってみたかったですね。ぜひお菓子にも挑戦してみてください。後片付けまでできたら女房の評価は1ランクあがります。

onggia＾＾ひと一倍家族思いの貴兄……娘さんも同居は嬉しい出来事。みんなで思いでつくりのプランを立ててください。

＞かなり奮発して強力なジューサーを購入しました。推進役は娘ですので、野菜果物ジュースを飲む回数が増えそうです。

23. がんのメリット

●2013年2月25日

がん患者になって嬉しい人はいないだろう。メリットもあるわけない。

その通りである。返上できるものなら、いつでも返上したいのが正直な気持ちである。

しかし末期患者になった身からすれば、メリットも少しはあるのではと最近思うことにしている。

最大のメリットは人生の残り時間が判明することである。もちろん余命には個人差がある。しかし、誤差の範囲を考慮しても、残りの時間が概略わかるのはありがたい。

人生最後の日々をどう過ごすか、やり残したことはないのか。

身辺整理をどう進めるか。家族の今後の生活設計はどうするか。

生命保険など各種手続き。万一の場合の連絡先手配。

葬式・墓・遺言などなど。やっておくことは数多い。

つまり、後悔しないよう自分自身で人生の後始末をできるのが最大のメリットのように思う。

脳血管疾患や不慮の事故などで何の連絡もできず亡くなるのも困る。長生きしても病気で家族に迷惑はかけるのも不本意だ。元気に暮らし、病気に苦しむことなく、ある日突然亡くなる。「ピンピンコロリ」は悪くはないが、そうなるかどうかは保証の限りでない。ある年齢を過ぎれば、がんで亡くなることは、あれこれ対応できて悪くないのではと思ったわけである。

特に最近はがん治療の進歩が著しい。進行と転移が速い難治性のがんでさえなければ、がん患者になったからと言っても余命はかなり見込める。

国立がん研究センターの調べでは、5年生存率は乳がん90%、胃がん70%、大腸がん73%と、かなり向上してきているのだ。

さしたる苦痛もなく天寿を全うしたように穏やかな死を迎える高齢者のがんのことを「天寿がん」と呼ぶらしい。

もし自分の死に方が選べるのであれば、人生の幕を閉じる理想のかたちは「天寿がん」だというのも一理ある。

24. お墓めぐり

●2013年2月28日

このブログの性格上あまり明るい話題は提供できない。恐縮の至りだが本日はお墓の話である。

同居していた母親が亡くなったのは一昨年。永代供養できるお寺探しがスタートした。我々夫婦も将来は永代供養にしようと相談していたからである。しかし突然の末期患者になって、今度は私自身の問題になってくると迷いが出てきた。子供の負担になるのではと懸念したが、家族会議ではお墓はやはりあったほうが良いという一応の結論を得た。

去年の暮れからお墓探しが本格的にスタート。条件は交通の便が良くて、お寺の檀家にならなくても良い所。もちろん価格も重要な要素である。

迂闊なことだが、墓地を見て回って初めて分かったことがあった。

墓地は購入するものではなく、あくまで永代使用権を得るものである。石材店が寺の代行業者となって全てを取り仕切っている。民間霊園の場合はもう完全なビジネス。株式会社が後継者難のお寺を買収し運営しているのではと思える所もあった。

お墓の形態も様々。お墓のアパートというべきかロッカー方式の納骨堂。大きさと仕上げの豪華さによって価格は50万円クラスから300万円クラスまで。格式あるお寺が多く交通の便も良い。もちろん永代供養付でもある。

参拝カードを提示すると、1分以内に自分のお墓が出てくる自動搬送式堂内陵墓。まるで立体式駐車場のよう。線香とロウソクは電気仕掛けである。

「室内なので雨の日でも濡れる心配がありません」

「でもやっぱり墓参りの雰囲気はしないなあ」

などなど。勝手なことを言いながら見て回った。

交通の便もよく由緒あるお寺が墓地を丁度募集していた。価格は少し予算オーバーの気もしたが、石材店を訪ねて詳しく聞いた。しかし希望した洋風のお墓（横長）は墓地全体の美観を損ねるので、ダメということで交渉成立せず。現地に行ってみると、なるほど和風（縦長）のお墓ばかりが整然と並んでいた。

同年輩の人たちはどう考えているのか。

「先祖代々の墓があるので」

「数年前に購入したので後は入るのみ」

「樹木葬が良い」

「海への散骨を予定している」など様々。

時代と共に、やはり考えも多様化しているようである。


　私のお墓の前で泣かないでください。

　そこに私はいません。

　眠ってなんかいません。


『千の風になって』がヒットしたのは、もう何年前だったか。

歌の通りならお墓はなくてもよい気もするし……、なければ寂しい気もするし……。

あれこれ悩んで本日に至るもまだ結論は出ていない。

短信

温熱療法4回目。熱さにもようやく慣れてきた。抗がん剤との相乗効果に期待。

▼コメント

あきるー^^明るい話題も、楽しみにしています。末期がん患者は明るい話をしないなんてことはないと思います。残り少ないかもしれない人生を、楽しく気持ち良く過ごしたいではありませんか。お墓選びで、いろいろなことがわかりましたね。私は、今のところ樹木葬希望です。

>>あきる様　のど自慢の司会のセリフではありませんが、明るく楽しく元気よくの精神で残りの人生を燃焼しましょう。樹木葬には魅力を感じますが、まだ実施しているところがあまりに少ないですね。まったく縁のない県の墓地に埋葬されるのも抵抗あるし、居住している県で可能なら良いのですが……。

ひつじ^^本家の墓を守ってる人は〝定め〟と諦めるほかないでしょうが、新参者にはお墓は面倒ですねえ。ウチは女房は、見晴らしのいい近くの寺の30年+αの〝永代供養〟=30万円の「納骨堂」が気に入ってるようです。まあ本人よりも家族の負担のモンダイでしょうかね。

>>ひつじ様　海であれ山であれ行き先が決まらないと落ち着かない気もしますが、ますます混迷を深めています。6月くらいまでに結論を出したいと思っているのですが……

25. 終末期を思う

●2013年3月1日

身近な人が天国へと旅立って行った。義理の母親である。

体調の不良を訴えたのは去年の9月ごろ。病院で診断してもらうと末期の胃がんと分かった。

手術、放射線治療もすでに手遅れ。治療手段は抗がん剤のみであったが、その抗がん剤も間質性肺炎の症状が出て2回の投与で中止。食べ物が喉を通らなくなり、みるみる痩せていった。

余命は3か月程度と宣告されたが、強靭な精神力で頑張る。しかし83歳の誕生日を寸前にした先月25日に死去した。

病気には無縁な人だった。初めての入院が末期がん。辛抱強い性格が災いして病院に行くのが遅くなってしまった。

趣味は読書で向上心旺盛な人でもあった。一生懸命働きながら夫を支え、2人の子供を育て4人の孫を残した。

いつも暖かく笑顔で迎えてくれた。冥福を祈るばかりである。

義母の看病は今年84歳になる義父と長女である女房があたったが、以下はキー・パーソンとして女房が感じたことである。

看病していて一番辛かったのは、最終的には治療方法がなく、ただ痩せていくのを見守ることしかできなかったことだ。

最初に入院した病院からは抗がん剤治療が中止になったため、まもなく退院を促された。「もう治療がありません。他の病院を紹介しますが、延命治療はありません」と言われる。

紹介された病院にすぐ入院できたわけではない。食べ物は喉を通らない。栄養補助ドリンクだけで命を繋ぐ毎日。通院外来では2時間以上椅子に座って診察を待つことも。

朝一番に行っても病院を出るのは昼過ぎ。帰りのタクシーがつかまらず、冬の冷たい風が吹くとふらっと倒れそうになるのを懸命に支えた。

在宅医療の道を探るため介護認定も受けた。しかし認知症ではないため要支援1と判断された。

12月に入って、胃液が逆流しないように胃と小腸のバイパス手術を受けることになり入院。

正月は一旦退院し自宅で迎えることができたが、呼吸が不安定になり再び入院した。延命治療はなし。したがって点滴もない。口から入るものはゼリー状の栄養補助食品のみであった。50キロあった体重は33キロまで減少した。

最後の1週間は、喉が渇くのか水をさかんに欲しがった。しかし思うように飲むことさえできない。本人も早く死にたいと訴えるように……。

ただその瞬間が来るのを待っているだけの日々が続いた。


どこの病院も入院患者で溢れている。

治療が終わった患者は一日でも早く退院してほしい。

「病院は介護施設ではありません」と言わざるを得ないほど、次の患者が入院を待っているのである。

病院を責めても仕方がない。それが国の方針だからである。

ホスピスは常に満員。N市内では1か月待ちである。希望してもすぐに入れるものではない。

もう食べることも動くこともできない末期患者の最後を、在宅医療で家族が本当に看ることができるのか。

老老介護ではきわめて難しい。


同じがんの末期患者として義理の母親を見送った。

自分は果たして、いつ何処で、そしてどんな心境で、死と向き合うことになるのか。

先行きの見通しは全くない。

いずれにしても現実は厳しいと覚悟するほかはない。

26. Memory（1）本

●2013年3月5日

古本屋が商売繁盛し、書籍がまだ知の産物だった頃、自宅の書棚の蔵書が増えることは嬉しかったものだ。

学生時代に5回、社会人になってからは9回引っ越しをしたが、本は処分する気にならず持ち歩いた。夏の暑い盛りの引っ越しでは、ボール箱を点検した業者から「本が多いですね」とよく言われたものである。（もちろん詰めるのは女房である。）

中学生の時は下村湖人の『次郎物語』。読書の楽しさを教えてくれた。
高校生の時は夏目漱石の『こころ』に感銘を受けた。
大学生の時は柴田翔の『されどわれらが日々』。
「おれ（人間）は死ぬ間際に何を考えるだろうか」という問いかけが、今読み返すと観念的だと思うのだが20歳の精神には響いた作品だった。

社会人になってからも面白い・感動した本は数多いが、思春期の感受性豊かな時代に読んだ本のほうが印象深い。

今も書棚に並ぶ本を手にとるとやはり懐かしい。

大学生の時には購入した単行本の余白にはよく落書きもした。今読み返すと恥ずかしくなるが、青春の思い出でもある。

しかし書棚の本が増えて喜んでいたのは独身時代までだった。結婚し子供が産まれると部屋も手狭となり、本が増えるのが逆に気になった。

やがて古本屋が衰退。リサイクルショップの時代が来た。

蔵書が増えないよう何度か店に通った。アルバイトの店員が汚れているかどうかだけ確認。1冊10円程度で引き取られていく単行本や文庫本。

「この本は値段がつきません。持ち帰りますか」「それとも無料で引き取りますか」と問われると、本の著者が気の毒になり、自分も何か侮辱された気がしたものだ。本はもはや知の産物ではなく単なる商品となった。

書棚の本は一時「へそくり」の隠し場所でもあった。

あちこちに隠して、最後はどこに隠したかすっかり忘れてしまい、大慌てしたことも度々あった。リサイクルショップに持ち込む寸前に発見したこともある。これも懐かしい思い出である。


末期がんになると、身辺整理もそろそろ始めなければならない。

手始めは書棚の本からスタートするつもりだ。

今回は子供に読んでほしい物だけ残して思い切って処分しよう。長年お世話になった地元の図書館に寄贈するつもりである。

27. Memory（2）写真

●2013年3月6日

あっと驚くなかれ、アルバムで一番古い写真。昭和24年撮影。私が1歳の時である。木製のたらいが時代を感じさせる。あっという間に歳をとったものだ。まさしく少年老いやすくである。

アルバムの整理を思いたったのは、葬式の時に使用する遺影の写真を探すためである。死んだ後のことはどうでも良い感じもするが、葬式のあとは自宅に戻り飾られることであろう。生前にわざわざ写真店のスタジオまで出かけ、遺影用の写真を撮ってもらう人もいるそうだ。

遺影はあまり若すぎてはいけない。参列者からどこの誰だと言われても困る。

かといってあまり年をとってから撮影したものも嫌である。やはり精気というものがない。

一応有力候補と思える写真はあるのだが、難点は多少横向きである。

もっと良い写真がないか探す気になった所以である。

アルバムを整理して気づいたことは、意外とスナップ写真が少ないことである。

子供が小さいころはビデオカメラが全盛。子供が大きくなると写真はあまり撮らなくなった。

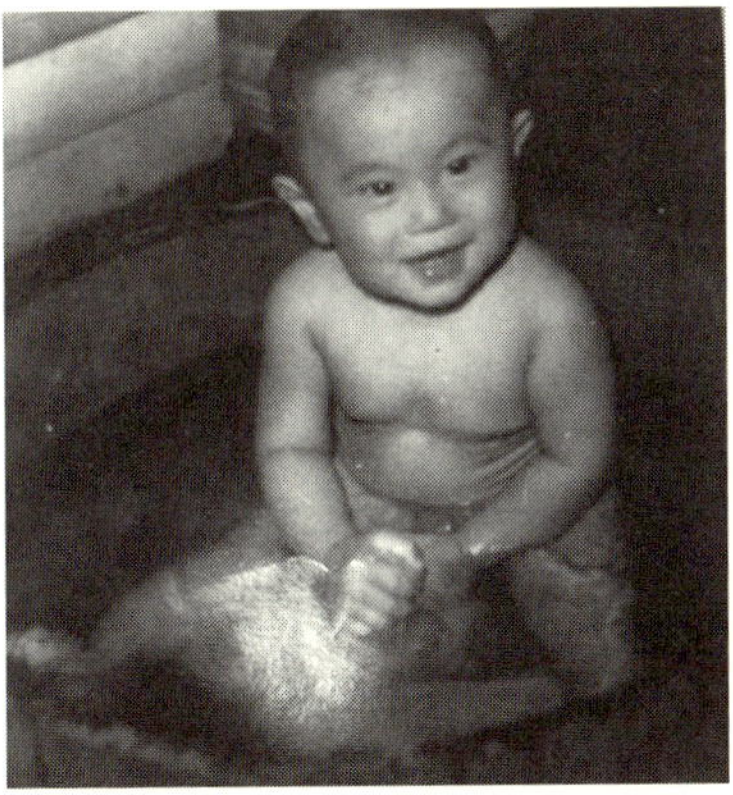

一番多いのはゴルフ場で撮ったコンペの集合写真である。これは顔が小さくて引き延ばしても使えない。送別会などの集合写真も同様である。
忘年会などの写真は酔っ払いの感じで不適当。笑いすぎているのも、表情が暗いのもダメである。免許証などの証明写真では面白くない。
モナリザの微笑のような優しい眼差しの写真を探したが、これで決まりというものはまだ見つかっていない。
たかが遺影されど遺影である。また悩みがひとつ増えた。

28. Memory（3）趣味

●2013年3月8日

あの世というものがあって、天国行きか地獄行きか審判の下る日、閻魔様から「お前の生前の趣味は」と問われたら、読書・旅行・囲碁・油絵・ゴルフ・カラオケをあげようと思う。麻雀・テレビゲーム・競馬・パチンコも趣味であったが、こちらは小声である。自分で言うのも恐縮だが多趣味であった。なんでも面白そうなものには一応手を出した。しかし凝り性ではなかった。あまり研究熱心でもなかった。そのせいか何も上達しなかった。

囲碁はせめて初段くらいにはなりたいと思ったが、現状は3級クラスか。残り時間から考えて目標達成は不可能である。

油絵は地元の展覧会へ出品できるレベルを目指したが、やはり才能の壁は厚かった。

ゴルフは写真のトロフィーが証明するように2回優勝した。しかしいずれもハンデに恵まれてである。スコアは100を切れなかった。技術的な課題はよく分かっている。要するに真っ直ぐ飛ばないからである。スライスが得意であった。

カラオケの過去最高点は92点くらいか。95点以上出した曲で「のど自慢」に挑戦したいとかなり本気に思っていたが、これもダメである。

麻雀は大会で優勝し、カップをもらったことがある。若いころはよくやったが、最近はメンバーもなかなか集まらなくて1年に1回～2回程度。時代の流れには逆らえない。

競馬・パチンコのギャンブルは、楽しんだ分もちろん赤字であった。

今や目標の達成は不可能となった趣味の世界であるが、実はこの中で今からでも可能かもしれないことがひとつある。

がん闘病記を読んでいたら、すい臓がんの末期患者である妻とその夫が闘病の合間に一緒にカラオケに行って演歌を歌う場面があった。そこで妻は「ふたりでお酒を」を熱唱し何と98点を出すのである。

がん患者にとってカラオケは手軽なストレス解消法。それに何でも目標を持てば生きる力にもなる。

よしカラオケに通って98点に挑戦してみよう。そして最後に家族の前で生涯最高の歌を披露してみたい。涙で歌えないかもしれないが……。

短信　3月8日
久しぶりに漢方医院に行く。鍼は仰向けで30カ所、うつ伏せで30カ所。相変わらず結構痛い。中国の伝統医学中医学に基づいた治療。脈診で治療方針を決定するのが特徴で漢方薬は上海の病院から送られてくるという。

29. 抗がん剤 3クール終了

●2013年3月11日

抗がん剤に対するイメージは誰もあまり良いものではないだろう。副作用で苦しんでいる話をよく聞くからである。

将来がん患者になることがあっても、抗がん剤治療だけは避けたい。もしもの場合は技術革新が目覚ましい放射線治療を中心に、と漠然としながらも考えていた。

しかし人生とは誠に皮肉なものである。手術や放射線治療は不可能。残された治療法は抗がん剤のみの末期患者になってしまった。

医師から余命1年と言われると、副作用の心配どころではないと思った。

去年の暮から始まって抗がん剤「ジェムザール」（ゲムシタビン）の投与は、今日が9回目であった。

心配していた副作用は味覚障害程度。白血球の減少も回復がはやく、まずは順調に第1段階の3クールが終了した。

問題は来週に予定されているCT検査である。ジェムザールが効いているか。去年12月の画像データと比較検証し、今後の治療方針が示されることになっている。

抗がん剤の起源は、第二次世界大戦時にイタリアの港に停泊していたアメリカの輸送船をドイツ空軍が爆撃。毒ガスを積載した船が沈没した時に輸送船の乗組員の白血球が減少し、リンパ節も委縮したことから血液のがんに有効ではないかと考えられ研究が始まったと言われている。毒をもって毒を制すということである。

抗がん剤は昔と比べれば副作用対策もかなり改善されたという。しかし化学療法室で他の患者と並んで点滴を受けていると、患者が今なお副作用に苦しんでいるのがよく分かる。

吐き気・嘔吐・下痢・便秘・口内炎・息切れ・しびれ・脱毛・気分の落ち込みなど症状は人によって様々。免疫力の低下で絶えず感染症が心配でもある。

抗がん剤がよく効くがんもあれば、あまり効かないがんも当然ある。かなりの確率で治癒が期待できるのは白血病、悪性リンパ腫など。延命が期待できるのは乳がん、小細胞肺がんなど。

症状の緩和が期待できるのは胃がん、食道がん、大腸がん、膀胱がんなど。効果が期待できないのは膵がん、脳腫瘍、肝がんなどがあげられている。抗がん剤が標準治療最後の砦である私のような膵がんの末期患者にとっては、大変厳しい現実である。

さまざまなタイプの新薬の開発も進んでいる。入院しなくても通院で点滴が受けられるようになった。点滴よりもっと簡単な経口剤（飲み薬）の抗がん剤も日常的に使用されるようになってきている。

最近はがん細胞を狙って作用する分子標的治療薬が注目を集めている。副作用を少なく抑えながら効果を高める抗がん剤だが、まだ膵臓がんに効くものはないようだ。

主治医にある分子標的治療薬の投与を打診したところ、「ほんの数週間レベルの延命は可能だが、副作用などを考慮したら、私が患者なら断わりたいレベルの薬です」という回答でがっかりした。

いずれにしてもまだ発展途上の分子標的治療薬だが、こちらのほうは官民一体となって早く研究開発を進めてほしい分野だ。

30. 父からの贈り物２

●2013年3月12日

今回は長男からオーダーがあった同じプラハ市内である。

手前がカレル橋。遠くに見えるのはプラハ城。橋の上の観光客の中に、プラハに行ったつもりの我が家族4人がいる。

前回の絵よりカラフルな絵に仕上がった気がしている。どうであろうか。

次回は南桂子のエッチングを油絵にしたもの。長女からのリクエストで挑戦する。

31. がん免疫療法

●2013年3月15日

免疫療法は人間の体に本来備わっている免疫力を活性化させて、がん細胞を消滅させようというもの。手術・放射線・抗がん剤に続く第四の治療法として期待されている。まだ研究段階の治療法でもあり、実施している所は圧倒的に個人クリニックが多い。旧帝国大学系の病院ではごく一部が先進医療として取り組んでいるだけである。

したがって社会保険は適用外で自由診療。費用も一般的に200—300万円と高額である。肝心の治療実績はどうか。

実施している医療機関では当然の如く治療効果をPRしている。しかし免疫療法だけで腫瘍の縮小・消滅させるのは難しい。現状では、手術後の再発予防や副作用の緩和についても限界があり、過大な期待は持たないようにというレベルのようである。

私が治療を受けている病院の医師にも免疫療法について見解を聞いてみたが、「効果が期待できるものはありません」とあっさり否定された。

その免疫療法を知人から勧められた。場所は大阪であったが、家族や友人が免疫治療を受けたところ元気になったというのだ。しかも費用は良心的とのこと。とにかく行ってみることにした。今月4日のことである。

大阪駅近くのビルの9階に目指す「H免疫療法クリニック」があった。85歳になる医師にこれまでの病状を説明。H医師は30年以上にわたってBCG－CWSを用いる樹状細胞療法を続けてきたという。白血病や肺がんなどでは治癒例も数多いとのことだった。

しかし話をしてみると、残念ながらこの免疫療法は抗がん剤治療と両立しないことがわかった。抗がん剤で免疫力が低下した状態では、BCG－CWS樹状細胞療法は実績がないという。つまり抗がん剤をやめなければ治療効果は期待できないということであった。

抗がん剤ジェムザールの治療を始めてからまもなく3か月になる。今の抗がん剤が効いているかどうか。3月18日に予定されているCT検査で判明する。したがって今の段階で抗がん剤治療をやめる選択肢はなく、この免疫療法はひとまず断念することになった。

しかし抗がん剤は耐性の問題もある。いつの日か効かなくなり、病院からは「もう治療法はありません」「ホスピスを紹介しましょうか」と通告される日が来ることは今から覚悟しておく必要がある。

その日に備えて、今から別の免疫療法を含めて有効なものがないかどうか探すつもりである。

短信

＊写真　蕎麦

本日は先輩のM氏の呼びかけで「手打ちそばを食べる会」に参加。繁華街の小料理店に集まったのは8人。いずれも同じ職場のOBで顔なじみのメンバーである。年齢は63歳から82歳。眼とか耳など年相応で問題がないわけではないが、みんな元気いっぱい。それぞれの近況報告や昔話で盛り上がった。

写真はM氏の友人がうってくれた二八そばである。麺は細く色・味とも申し分なしであった。これからは大好きな「ざるそば」の季節。思い残すことがないよう今年は食べ歩きするつもりである。

32. 梅を見に行く

●2013年3月17日

今年の冬は例年より寒かった印象がある。それだけに春が待ち遠しかった。

本日は彼岸の入り。天気晴朗で午後からは気温も上がりそう。

絶好の散歩日和ということで、女房と娘を誘って近郊の植物園に出かけた。

日曜日とあって、植物園は大勢の家族連れが訪れていた。しかし梅園のほうの人出はそうでもない。おかげで写真を撮りながら、ゆっくり鑑賞することができた。

案内板によると、この梅園には15種類の梅が植えられているという。

日本では花見と言えば桜だが、奈良時代くらいまでは梅が主役。『万葉集』には梅を詠んだ和歌が桜より断然多いという。

これまで桜の花見は「花より団子」でよく出かけたが、梅のほうは本当に久しぶり。

梅一輪一輪ほどのあたたかさ　服部嵐雪

来年ことは分からない。気持ちを俳句に託せたら嬉しいのだが、風流の心得なく誠に残念である。

何処へ行ってても何をしてもこれが最後かもしれない。そう思うと少し感傷的な気分にもなるが、暖かい日差しの中を家族と散歩し、小さな幸せを感じた一日となった。

▼コメント

onggia＾＾貴兄の状況で見る季節の風景は、本当に心に沁みることでしょうね。時間を圧縮して、いろいろな試みをして下さい。写真入りのブログもお勧めですよ。

＞＞onggia様　ありがとうございます。写真入りのブログは面白そうなので増やしていきたいと思っています。写真のレイアウトなど分からないことが結構あるので子供たちに聞きながら、解説書見ながら挑戦してみます。

33.「彼岸」に思う

●2013年3月20日

正月になると神社に参拝し、家内安全を祈願する。時にはお札やお守りをいただくこともある。

苦しいときの神頼み。これまでの人生で何回神様に手を合わせたか分からない。

身内に不幸があれば、葬儀はやはり仏式でと思う。日頃は仏壇に手を合わせるしお盆になると墓参りもする。

普段は無宗教だが、心の拠り所として何か宗教的なものは信じている。これが平均的な日本人の宗教観ではなかろうか。

現実に死と向き合うようになると、死に対する恐怖や不安に襲われることがある。死後の世界はあるかどうか分からない。多分ないだろうと思うからである。

もしあの世というものがあるなら、そして死後も意識だけは残るとしたら、死への不安はかなり解消されるだろう。

ありもしないと思われる空想に浸るのは、やはり現実逃避ということであろうか。

ＮＨＫ放送文化研究所が２００８年に実施した宗教に関する世論調査は興味深い。それによると死後の世界については、▽絶対にある・▽多分あると思う、合わせて43％が、「死後の世界はある」と答えているからである。

10年前の同じ調査の37％よりかなり増えているのも意外な気がする。

また天国の存在についても、▽絶対にある・▽多分あると思う、合わせて６％が「天国はある」と答えている。これも10年前の31％よりかなり増えている。

死後の世界と天国の存在を信じる人がこの10年間でなぜ増えたのか。

分析は専門家に任せるしかないが、若い世代ほど信じている割合が多いのは、最近の霊感や占い人気の影響だろうか。

人間は誰でもいつか死を迎えるものである。

そして生と死は常に隣り合わせのものでもある。

誰もが分かっているが、日常的には忘れたかのようにして暮らしている。今の平均的な人間の有り様ではなかろうか。

　昔の人はどんな気持ちで死を迎えただろうか。平均寿命は短く、流行り病で死ぬことも多かった。今の人より死が身近であったことは間違いない。現世というものに、それほど執着していないように思えるのは、あの世の存在や輪廻転生（生まれ変わり）を強く信じていたからか。

　科学万能主義が問われている時代である。その科学に支えられた人間の生き方や死に方・死生観も、今問われていると言えるかもしれない。

　死後の世界が本当に存在するかどうか。

　科学的には証明することも否定することもできない。その意味では議論しても結論が出る話でもない。結局のところ「信じるものは救われる」ということに行き着くのであろうか。

「彼岸」の世界に到達するのはなかなか難しい。

▼コメント

あきるー∧∧死後の世界を明確に考えたことはありませんが、あるような気がします。科学では解明できない不思議なことって、いっぱいあります。「ドラゴンボール」が大好きで夢中になってみていたくらいですから、〝気〟も信じています。

世の中には不思議なことと素敵なことがイッパイあって、その大きな流れの中で生かされているのが、人間を含めた生き物たちだと思います。それに、誰かが死んでも、残った人の心に生き続けるので、簡単には消えてしまわないものです。

たまに、祖父母のことを思い出すこともあります。不思議なものですね。
>>あきる様　科学ができるのはごく一部の事象の解析だけで、根源的な問いかけには、ほとんど無力だと思います。宇宙を創造したものから生かされている人間はもっと謙虚に生きていったほうが良いように感じますが、現実は逆で残念です。死後の世界は、ないよりあるほうが楽しそうだし信じているほうが精神衛生上もよさそうだなと思うようになってきています。

34.「抗がん剤は効いています」●2013年3月25日

毎週月曜日はN大学病院の診察日。主治医から先週のCT検査の結果について説明があった。以下はCT画像を見ながらのやりとりである。

医師「すい臓がんで抗がん剤が効くのは一般的に言って、患者の30％から40％ですが、画像を見ると効いていますね。病変は小さくなっています」
患者「効いているレベルはどの程度ですか」
医師「奏効率で言うとPR（病変の50％以上の縮小が4週間以上持続）というところですか」
患者「病変は直径4センチ余りでしたが、どのくらい小さくなりましたか」
医師「画像を見ると半分以下ですかね」
患者「これで余命は多少伸びたのでしょうか」
医師「うーん、それはなんとも言えませんね」
患者「転移のほうはどうなっていますか」
医師「リンパ節と肺に転移はしていますが、病変はいずれも多少小さくなっています。抗がん剤が効いているのでしょう。肝臓には転移はしていません。腹水も溜まっていませんね。とにかく効いているわけですから、今後もしばらくは『ジェムザール』で治療しましょう」
患者「耐性の問題はこれからやはり出てきますか」

医師「必ず効かなくなる時は来るでしょうね」
患者「『ジェムザール』の耐性は半年くらいですか」
医師「個人差があり何とも言えません」

副作用に苦しみながら抗がん剤の点滴を続けても、効かない人が半数以上もいるのが現実である。その中で奏効率がPRという成果があったことは、一応率直に喜びたい。しかし病変が小さくなったからといって、余命が延びたと言えないのが辛いところである。

一般論的には抗がん剤が効いて病変がある程度小さくなれば、そうなるまでの期間と病変が、もとの大きさに戻るまでの期間だけ寿命が延びることになる。しかし個人差もあり、臨床的には必ずしもそうでないらしい。

抗がん剤が効いて一時的には腫瘍が小さくなっても、やがて効かなくなる時期が来る。その時は、これまでの抗がん剤治療で正常細胞はダウン寸前。免疫力は大幅に低下している状態で、がん細胞はあっという間に増殖していく。したがって、結果として余命は変わらないという解説もあり、頭は混乱するばかりである。

とりあえず、『ジェムザール』を今後も継続することになった。これまでの経過から考えると、まだ病変の縮小か、現状維持が多少期待できるかもしれない。このあと順調に抗がん剤治療が続けられると、次のCT検査は7月初めとなる。その結果次第でもあるが、『ジェムザール』を継続するのか、あるいは別の抗がん剤に切り替えるか。思い切って抗がん剤治療はやめて漢方か免疫療法に転換するか。難しい選択を迫られることになる。

▼コメント

onggia∧∧効果が表れることを〝奏功〟と言う：『広辞苑』。奏功率とは、なんとも響きの良い言葉です。奏功の持続を祈りましょう。

∨∨onggia様　ありがとうございます。12月まではみぞおちに軽い痛みがあったのですが最近はなくなりました。病変が小さくなったせいでしょうか。ブログが闘病記にならないほど元気で、本人も少し戸惑っています。

35. 健康食品あれこれ

●2013年3月27日

病気になって健康食品にも関心を持つようになった。

厚生労働省の調査では、がん患者の半数近い人が進行抑制や延命を期待して健康食品サプリメントを購入しているという。

使用頻度が高いのはハラタケ科のキノコ「アガリクス」が61％と最も高く、次いでミツバチが植物から採取したものに分泌物が加わった「プロポリス」29％、あとは「ＡＨＣＣ」「漢方薬」「キトサシ」「サメ軟骨」と続いている。

こうした商品に抗がん効果が本当に期待できるのか。

結論から言えば、現段階では人間に効果があるかどうかは分からないというのが正確な答えのようである。

特にがんの縮小や延命などについて、科学的根拠がある商品は皆無に等しいと言われている。試験管や動物に対しての実験データはあっても、ヒトに対する臨床試験のデータはほとんどないからである。

しかし、全く効果がないことが証明されているわけでもない。

多くの人は効能だけでなく、精神的な安定剤として、わらにもすがる気持ちで購入しているというのが現状だろう。

こうした商品の中には、服用すると逆に副作用が出るものもある。

また他の薬との併用で問題が発生する恐れのある商品もあり、使用する際には医師に相談すべきとされている。

しかし、医師は一般的に健康食品についての関心が低く、知識も乏しい。「科学的根拠がない」「とても勧めることはできない」というのが基本的スタンスである。

このため患者のほうは医師には相談しないで黙って使用しているケースが多い。

治療方法がなくなった患者の弱い心理に付け込んだ〝バイブル商法〟の被害も後を絶たない。

「末期がんが治った」という本の中で紹介された33人の奇跡の体験談は全て作り話。健康食品の販売業者や出版社の関係者が多数逮捕された事件もあった。

健康食品の中には、直接的な抗がん効果はないとしても、免疫力を高めるなど一定の効果は期待できる商品もある。医師の日常が激務であることは承知しているが、健康食品にも関心を持ってもらえたらありがたい。そして悩める患者にアドバイスをしてくれたら、悪質ながん商法の犠牲者が少しは減るのでは、そう思うと残念な気がする。

36. カラオケに通う

●2013年3月31日

すい臓病患者の妻と夫が闘病の合間にカラオケに行き、妻が「ふたりでお酒」を歌って98点を出したという話はすでに紹介した。この闘病記を読んでから、カラオケに行く回数が増えた。もちろん98点に挑戦するためである。

どうしたら高得点が出せるか、インターネットで調べてみた。

▽まず音程が基本である。

これがダメだったら高得点は無理である。とにかく楽譜に忠実に唄うことが求められる。

▽声の抑揚も大切な要素である。

マイクはメロディーのときは遠くに、サビのときは近くで唄う。

▽ビブラートは伸ばす音で声を震わせる方法。

これは10秒以上ほしい。
▽声が大きいと高得点が出やすい。
最後のカロリー表示が参考になる。
▽選曲はリズムが簡単で音程の高低が激しくない曲・遅いテンポの曲を選ぶ
以上のアドバイスを参考に、さっそくカラオケ店に出かけて唄ってみたが、結果は空振り。すぐ結果が出るほど甘くない。

そこで好きな歌を30曲エントリーした。そして普通に歌ってみて、高得点が出たものを特訓曲に選んだ。

あとは音程と抑揚、そしてビブラートなどに気を付けながら練習し、修正するだけと思ったのだが、ビブラートはやってみると想像以上に難しい。プロと素人の差はビブラートがうまくできるかどうか。簡単にマスターできるものではないことが分かった。

3月31日現在の最高点は、石原裕次郎の懐メロ「二人の世界」の92・3点である。

歌が上手くなって今更どうなるものではないが、何であれ目標を持てば免疫力も向上するだろう。

いつまで元気で唄えるか先のことは分からないが、5月末には95点レベルに到達するのが当面の目標である。

カラオケ店の開店時間は午前11時。開店前には常連客が早くも並んでいる。よく見ると、何といずれも還暦を過ぎたと思えるオジサンやオバサンたちが結構多いではないか。

好きな歌を個室で1時間唄って、コーヒー・ジュースなどは飲み放題。料金は60歳以上の高齢者割引だと３００円。喫茶店に行くことを思えば破格な低料金である。

サラリーマンや学生たちで賑わう夜と違って、日中のカラオケ店は比較的お客が少ない。そこは意外や意外「団塊の世代」ワールドでもあった。

▼**コメント**

ななみ＾＾病変が小さくなったとのこと、本当に嬉しいです。すい臓の場合、効く患者さんは30～40％と書いておられたので、明らかに効いているのはすごいことだと思います。カラオケでさらに免疫力がアップすることを祈っています。しかし、昼間のカラオケ店が「団塊の世代」ワールドになっているとは、面白いですね！

＞＞ななみ様　ありがとうございます。この病気の不可思議なところはは一体何が効いているのか分からないこと。抗がん剤があっているのか、漢方がよいのか、温熱療法の効果か、食事療法の成果か。したがって何もやめられないことが悩みです。カラオケは600円くらいで唄った曲をCD化してくれるそうで、高得点が出たらCDにしてみようと思っています。

＊＊＊＊

家族の回顧録①　余命宣告

2012年12月3日、胃がん末期の宣告を受けた実母が胃と小腸を結ぶバイパス手術をしました。「手術成功しました」と夫にメール。「買い物はどうしますか。帰宅予定時間はどうですか」と返信がありました。

その翌朝、ずっと胃の辺りに痛みを訴えていた夫に「母のようなこともあるから、病院に行って欲しい」と何度も頼み、やっと受診してもらった検査結果の連絡がありました。

結婚して30年。毎年、人間ドッグを受け、8月の検査結果も経過観察だったのに、いきなり死と向き合うことになってしまいました。夫は病状を義母に説明し、支え合いたいと言いました。しかし、私は母にこの件を伝えることはできませんでした。

「近藤さんはいい人。細かいことは何も言わないけれど、大切にしなさいね」と常々母親に言われていたので、夫がすい臓がんであることを知らせたその日から母の看病をできなくなってしまうのは目に見えていたからです。84歳になる父がひとりで看病をすることには無理がありました。母に夫の病気を伏せて病院をはしごする日が続きました。

夫のことは伝えぬまま、2013年2月25日に「ありがとね」と何度も言って母は旅立って行きました。夫は最後の時までキーパーソンであったわたしを支え母の看護に協力してくれました。泣いてばかりいる私とは違い2人が涙を見ることは最後までありませんでした。

（妻・尚美）

第2章

春

(2013年4月−6月)

37. 桜を見に行く

●2013年4月1日

愛知県岩倉市を流れる五条川。川沿いの堤には1400本のソメイヨシノが植えられている。

地元では有名な桜の名所だが、実はこれまで行ったことはなかった。花より団子派としては近場の名所で満足してきたが、今年は満開になるのを待ち望んでいた。病院で抗がん剤治療を受けたあと、女房と一緒に出掛けた。

名古屋駅から名鉄電車に乗って岩倉駅まで20分ほどで行ける。時折吹く風は肌寒かったが、絶好の花見日和である。学校もまだ春休み。大勢の家族連れで賑わっていた。川の両岸から伸びる枝はまるでアーチのよう。「日本のさくら名所百選」にも選ばれているのも頷ける風情があった。

1日から10日までの桜まつりの期間中は、40万人以上の人出があるという。

花見では屋台も楽しみ。100以上もの店が並んでいた。

「焼きそば、」「たこ焼き」、「トウモロコシ」、「ハニーカステラ」「サツマイモステック」を女房と半分ずつ食べてビールも少し飲んだ。

桜の街道沿いにある、この御宅をご覧あれ。桜草、パンジー、プリムラジュリアン、オキザリス、ノースポールなどの花が桜に負けず咲き誇り、花見客も思わず足をとめて見入っていた。

家の人の姿は見ることはできなかったが、花見時期に合わせて手入れし、今年も見事な花を咲かせた主の笑顔が目に浮かぶようであった。

岩倉市は戦国武将・山内一豊生誕の地でもある。桜街道のすぐ傍の神社の境内には記念碑が建立されていた。上川隆也が一豊、仲間由紀恵が妻を演じていたテレビドラマが放映されたのは、もう10年近く昔のことだったか。

桜スポットを2時間ほど散策して携帯の万歩計を見ると1万歩をオーバー。日頃の運動不足も解消し大満足の桜紀行であった。

4月半ばには吉野の花見に出かけるつもりである。

願はくは花の下にて春死なむ　その如月の望月のころ
あまりにも有名な西行の和歌だが、何とか吉野の地で一句できないか。にわか勉強で挑戦してみよう。

38. 漢方サポート外来

●2013年4月8日

鍼と漢方薬による治療を今年1月から受けてきたことは、ブログですでに紹介した通りである。抗がん剤の副作用が軽く済んでいるのは、この漢方治療のお蔭かもしれない。

しかし、がん専門の診療所というわけではない。すい臓がん末期という難しい病状にも対応できる所がないか探してみたが、近郊では見つからず諦めていた。

そんな時に知人から良い情報がもたらされた。

「がん専門病院の漢方外来で成果をあげている医師がいる。同じすい臓がんの患者で治らないまでも、がんと共存し、宣告された余命を超えて健やかに暮らしているケースもある。紹介できるので診察を受けてみてはどうか」というのだ。

場所が東京なので定期的に通院できるか分からないが、診てもらうことになり今月4日上京した。

診察を受けたのは東京江東区にある有名ながん専門病院のH医師である。

日本でがん治療に漢方を積極的に用いている医師はあまりいない。H医師はその著書の中で、

「末期がんの場合は西洋医学だけで対応するには限界がある。抗がん剤の副作用の軽減や余命を延ばすためには西洋医学と漢方医学の優れた部分を組み合わせた統合医療こそが最も効果の大きい治療法」だと述べている。

この病院が他の大学病院やがん専門病院に先駆けて、日本で初めて2006年4月に漢方サポート外来を開設した理由でもある。

H医師は開設以来、これまで数多くのがん患者を治療してきた。その経験から患者の病状に合った漢方薬を投与すると、
▽がんの症状が緩和し、元気になれる。
▽副作用も軽くなり、質の高い生活が維持できる。
▽苦痛の少ない延命ができる。
ことなどが分かった。

漢方はがん専門病院の中で市民権を得たとしている。

漢方サポート外来の診療日は週4回。最近は他の病院からの紹介患者も増え、1か月に250人の患者を診ているという。

漢方は患者それぞれの症状にあわせた個別化医療が特徴。当日は各種検査に続いて、「望診」「聞診」「問診」「切診」と、漢方独特の方法で診断。現在の症状に合わせた数種類の漢方薬を処方してもらった。

今後は月に1回くらいのペースで通院して治療を受けることになっている。

去年の年末から始まった「ジャムザール」の抗がん剤治療は、CT検査では病変が縮小するなど一定の成果をあげているが、抗がん剤はやはり耐性の問題がつきまとう。

その時いかにして、がんと共存し延命を図るか。

漢方が最後の砦・大きな力になってくれることを期待するばかりである。

39. タイムスリップ

●2013年4月9日

漢方治療で上京した際に初任地の懇親会があった。同じ時期に鳥取で勤務した仲間が開いてくれた励ます会でもあった。10人が参加してくれた。ほとんどの人は首都圏在住だが、遠く徳島県から駆けつけてくれた人もあり嬉しかった。

何十年ぶりの再会もあった。昔話や近況を聞きながら、楽しいひとときを過ごし記憶が蘇った。

鳥取では昭和46年から51年まで5年間暮らした。「あさま山荘事件」「金大中事件」「沖縄本土復帰」「日中国交正常化」などが世間の関心を集めた時代。歌では、「また逢う日まで」「神田川」「シクラメンのかおり」が流行っていた。

初めて鳥取駅に着いたのは早朝であった。県庁所在地のである鳥取市の当時の人口は12万人くらいだったか。駅前の大きなビルといえばデパートだけ。早朝であるから人通りも少なく、少し心細い気がしたことを覚えている。

駅から若桜街道を歩いていくと、途中に袋川という小川があった。袋川を過ぎて、しばらく歩くと市役所、更に歩くと県庁があった。

県庁の背後には鳥取城址もある久松山。唱歌「故郷」

の作曲者岡野貞一が鳥取市出身であることから、「兎追いしかの山」は久松山のことであり、「小鮒釣りしかの川」は袋川のことだと言われ、地元には記念碑もある。「故郷」のイメージがよく伝わる風情のある城下町であった。

鳥取の名所と言えば鳥取砂丘。何度も行ったが、印象に強く残るのは夜の砂丘。真っ暗な中で沖合に浮かぶイカ釣り船の漁火がとても幻想的。夏の観光のお勧めである。県西部にある大山。スキーやゴルフでお世話になった。特に素晴らしかったのは紅葉である。錦秋の言葉通り感嘆の景色が続く。これは秋観光のお勧めである。

鳥取市の夏祭り「しゃんしゃん傘踊り」も楽しい。日中国交正常化まもない頃、日中青年の船で中国の北京、上海、天津を訪問。鳥取県の訪問団の一員として他の団員と一緒に踊りを披露したこともあった。今でも少し習えば思い出して踊れると思う。あの頃の青年たちも還暦を過ぎてしまったが、どうしているのだろうか。

独身だったこともあり夜の街にもよく出かけた。繁華街もすっかり変わったことだろう。よく通った店はもうないと思うが、松葉ガニの美味しさは変わらないだろう。

あの当時の仕事仲間とは、鳥取を離れてからも交際が続いている。みんな若く20代であった。社会人としてスタートした土地だけに、それぞれに特別な思いがあるのだと思う。あれから40年近い歳月が流れた。再び訪れる機会もないまま時は過ぎたが、鳥取は懐かしい青春の思い出の地である。（画像は鳥取県写真ライブラリーより）

40.「ソクラテスの弁明」

●2013年4月10日

学生時代に一度は本を手にしてページをめくったことはあったと思う。しかし難解で読むのを諦めたか、それとも若い生命力溢れた青春時代にはあまり関心が持てなかったか。

いずれにしても遠い記憶の書物である。

先日漢方治療で上京した際に同期生たちが開いてくれた懇親会・励ます会でNさんが手渡してくれた。帰りの新幹線で読みながら古人の知恵に頷いた。裁判の中でソクラテスは次のように述べている。

「死とは人間にとって福の最上なるものではないかどうか、何人も知っているものはない。しかるに人はそれが悪の最大なるものであることを確知しているかのようにこれを怖れるのである。これこそ誠にかの悪評高き無知、すなわち自ら知らざることを知れりと信じることではないのか。（一部省略）

私がいずれかの点において自ら他人よりも賢明であるということを許させるならば、それはまさに次の点、すなわち私は冥府のことについては何事も碌に知らない代わりに、また知っていると妄信してもいないということである」

ソクラテスはこのように「無知の知」を説いている。

そして死刑が確定したあと、ソクラテスは無罪の投票をした人々に対して下記のような最後の言葉を残す。

「死は一種の幸福であるという希望には有力な理由があることが分かるであろう。死は次の二つの中のいずれかでなければならない。すなわち死とは虚無に帰することを意味し、また死者は何ものについても、何らの感覚を持たないか。それとも人の言う如く、それは一種の更生であり、この世からあの世への霊魂の移転であるか。それが全ての感

覚の消失であり夢さえ見ない眠りに等しいものならば、死は驚嘆すべき利得と言えるだろう。（一部省略）

これに反して死はこの世からあの世への遍歴の一種であって、また人の言う通りに実際すべての死者がそこに住んでいるならば、これより大なる幸せがあり得るだろうか。」


今から2400年前の遠く離れたギリシャでの話である。

しかしソクラテスの言葉は現代人にとっても十分有用であるだろう。

3月20日のブログ「彼岸に思う」では、死後の世界について考えてみたが、それは賢人ソクラテスの説く「無知の知」ではなかったか。

何も知らないのだから、あの世は否定したり、死を過度に怖れたりしても無意味なこと。

「生ある限り精一杯生きる」。

最期まで「未来を信じ絶望しない」。

あれこれ悩んだ凡人の結論である。

41. 舟木一夫コンサート

●2013年4月12日

団塊の世代で歌手の御三家と言えば橋幸夫、舟木一夫、西郷輝彦である。3人がアイドルだった当時は、特に誰のファンというわけではなかったが、数年前から舟木一夫の詰襟ソングをカラオケで唄うことが多くなった。一度コンサートにも行ってみたいと思いながら、チケットを取るのが大変と聞いて何年も過ぎた。

幸い体調は良好である。もう行く機会もないかも知れないと決心し、4月11日神戸で開催されたコンサートに学生時代の友人と出かけてみた。

場所は三宮近くの神戸国際会館。開演の30分以上前から入口には長い行列ができ始める。全席指定席なのになぜ並ぶのか。

「並ぶと何か良いことあるんですか」

「何もありません」

これがファン心理というものであろうか。

舟木ファンの中心は団塊世代の女性たち。全国ツアーで仲良しになった「舟友」という追っかけもいるらしい。

午後6時開演。会場は満員である。

水色のジャケットを着た舟木一夫が颯爽と登場。詰襟学生服だった青年もいつのまにか68歳である。しかし遠目にはまだ若々しい。

にわかファンが全く知らない歌でコンサートが始まると、ステージには花束を持った女性たちが次々に近寄る。途切れる間がないほどだ。あっという間にステージには花束とプレゼントの山が出来上がった。

会場が湧いたのは、もちろん詰襟ソングが始まった時だ。

「仲間たち」「修学旅行」「君たちがいて僕がいた」とカラオケで馴染みの曲が聴けたのは良かったのだが、残念だったのは、これらの曲がメドレーだったこと。

それでも「高校三年生」「学園広場」はフルで聴くことができて、わざわざ遠出した目的は一応達した。

結局この日の公演で舟木一夫が唄った曲は20数曲だったたか。さすがにプロの歌手はビブラートが上手だと、当たり前のことに感心しながら、およそ2時間の公演はあっという間に終了した。

歌謡コンサートに出かけたのは初めての経験だった。予想したより会場は静かで、やや拍子抜けという気もしたが、何しろ唄うほうも聴くほうも還暦過ぎたコンサートである。若い世代のように熱狂的に盛り上がるというわけにはいかないのは仕方のないことか。

予定されたアンコールが終わって座席から立ち上がった時、後ろの席のほうから「今日は楽しかったね」という弾んだ女性の声が聞こえてきた。

結婚し子育ても終了。過ぎ去った青春をやっと懐かしむ余裕ができたということか。まずはご同慶の至り。「舟友」からパワーをもらって戻ってきた次第である。

42. ぷらっと東京

●2013年4月16日

いつまで元気で旅行できるか分からない。今月14日から1泊2日で東京に出かけた。

去年12月の奈良、2月の愛知・西浦温泉に続く3回目の家族旅行。今回は義父も特別参加した。

目的は東京スカイツリー、東京駅丸の内駅舎、歌舞伎座を見学し、帝国ホテルに泊まることであった。

JR東海の「ぷらっと旅・フリープラン東京」を利用すれば、新幹線と宿泊先がセットでかなりお得。お勧めである。

初日の14日は午前10時過ぎに東京駅に到着。さっそく大正3年の創建時の姿に忠実に再現された丸の内駅舎を見学。日曜日とあって多くの観光客がカメラや携帯で威風堂々の駅舎を撮影していた。

鉄道マニアではないので、保存・復元工事の詳細はよく分からないが、東京に観光名所が、またひとつ増えたことは間違いない。

多少経費がかかっても効率が悪くても、こうした歴史的建造物は大切にしたいものである。

昼食を食べた後は天気が良いのでぶらぶら歩く。風もさわやかで気持ちよい。有楽町を経て、日比谷のホテルまで20分ほどの散歩。ホテルでチェックインしたあとタクシーで銀座へ。

今月2日に開館したばかりの歌舞伎座も大勢のファンや観光客で賑わっていた。東銀座はこの歌舞伎座を核に活性化しそうである。地下鉄線から繋がっている地下2階の売店「かおみせ」では歌舞伎グッズ、和風雑貨、和菓子などが販売され、記念の土産を買い求める人たちで混雑していた。

新しい歌舞伎座では1階客席の柱をなくし、座席のスペースも広げるなど、さらに観劇しやすいよう改善されたという。

首都圏には学生時代も含めると10年近く住んだが、銀座まで出かけることはめったになかった。夕食を食べた後は、久しぶりに夜の銀座の散歩を楽しみホテルに戻った。よく歩いた1日であった。携帯の万歩計は1万2000歩を超えていた。

宿泊した帝国ホテルは明治20年創業。いちどは泊まってみたいホテルだった。

本館の客室からは皇居や日比谷公園なども望める。短い滞在時間だったが、客室内の設備やサービスとも、さすが日本を代表するホテルと感心した。

スタッフはとても洗練され人数も多い。お客の要望にすぐ対応できるのは、こうしたスタッフがいるからこそである。

客室はシンプルで重厚な感じ。洗面トイレ浴槽などは、外国人を想定して広さが十分確保され、気持ち良かった。

特に感激したのは質量とも豊富な朝食のバイキング。パンだけでも10種類くらい用意されている。とりわけパンケーキの味は絶品。つい食べ過ぎてしまうほど大満足。

やはり歴史と伝統を感じさせるホテルであった。

43. 通天閣界隈

●2013年4月24日

吉野からの帰りは大阪に泊まった。翌日午後から予定があり、午前中は東京スカイツリーに続き、通天閣に登ることにした。

実は大阪生まれである。中学校を卒業したのも大阪であった。したがって新世界には何回か行ったことはあったが、通天閣には登ったことがなかった。

初代通天閣が誕生したのは1912年のこと。去年100周年を迎えた。今や103メートルの高さも展望台からの眺望もそう珍しいものではない。しかし大阪のシンボルとして今でも行列ができるほどの人気があるという。

その秘密は何だろうか。

到着したのが午前中の早い時間だったので、幸い行列に並ぶことなく入れた。通天閣は1階がエレベーター乗り場。2階がチケット売り場とキン肉マンミュージアム・売店。3階が100年前の通天閣界隈のジオラマ展示・売店。4階が展望台。5階が黄金展望台とビリケン神殿となっている。

この中で一番人気は何と言っても5階に鎮座するビリケンさんだろう。今のビリケンさんは3代目。幸運の神様として通天閣を支えてきた守り神である。もともとは、1908年アメリカの女流作家が夢で見たユニークな神様をモデルに制作したものとか。足の裏に触ると願いがかなうというパワースポットになっていた。大阪らしいノリの良い案内で、訪れた人は次々にビリケンさんの足の裏に触っては記念撮影していた。

他にもキャラクターとの記念撮影コーナーが、各階に設置されるなど飽きない仕掛けが随所に見られた。通天閣の人気の秘密とは来場者を楽しませる工夫。裏返すと大阪の商魂の逞しさではないかと感じた次第である。

1時間ほど見学し、通天閣から出てきたら、1階のエレベーター乗り場にはもう行列ができていた。

十数年ぶりに新世界に足を踏み入れて驚いたのは、街の変貌ぶりである。メイン通りである南本通りは大勢の観光客で賑わっていた。若い女性も多くすっかり観光地である。観光地化に最大の貢献しているのは「串カツ」の店であろう。新世界と言えば串カツがすっかり名物になったようだ。派手な看板はいかにも大阪らしい。

表通りだけでなく街中に串カツ店が軒を並べて、お客の呼び込みに懸命である。ソースの二度づけはダメというキャチフレーズも面白い。値段も安く牛の串カツで100円である。

「たこ焼き」も名物である。これも8個入りで300円と安い。タコもちゃんと大きいのが入っていた。「きつねうどん」も大阪ならではの味がした。こちらは350円である。

繁盛するのは当然である。

とにかく大阪の食い物は安くてうまい。三つの店で食い倒れ。大阪の味を堪能した。

ひとり1000円で満腹であった。

ジャンジャン横丁は行かなかったので分からないが、観光客が闊歩する南本通り界隈では、新世界の主人公であったオジサン達の姿をあまり見ることはなかった。彼らには街の変貌ぶりが、どう映っているのだろうか。少し気になった。

44. 「かえり船」

●2013年4月26日

バタやんこと・田端義夫が昨日亡くなった。94歳大往生である。父親と同年輩ということもあってか昔から親しみを感じていた。特に代表作「かえり船」は好きな歌であった。懐メロ番組でこの曲が流れてくると、しんみり聴き入ったものだった。

波の背に背に　揺られて揺れて
月の潮路の　　かえり船
霞む故国よ　　小島の沖に
夢もわびしく　よみがえる

昭和21年、戦後まもなく発表されたこの歌は大陸から引き揚げてくる復員兵士・引揚者の歌と言われている。

新聞によると、貧しかった少年時代は紅ショウガで飢えを凌いだという。姉は芸者に本人は栄養失調で片目を失明する。作曲家の古賀政男は田端義夫の歌を「バタやんの歌には涙がある」と評したという。

またネット情報によると、大陸からの帰還船で「皆さん本当にご苦労様でした。これは日本の船です。どうかご安心ください」というアナウンスに続いてこの歌が流されたとき、敗残の兵士たちは声をあげて号泣したという。

「かえり船」で復員してきた兵士は、私の父親も含めてほとんどが天国に逝ってしまった。
時代の証言者はいなくなり、各地の戦友会も解散が相次ぐ。
悲惨な記憶はどんどん遠ざかり、忘れ去られていく。
いつか勇ましい国益発言が世間から喝采を浴び、近隣諸国と対立していく。
そんな時代は再び来てほしくないものである。

本日は久しぶりにカラオケ店へ行き「かえり船」を唄った。

▼コメント
きんちゃん∧∧初めまして、団塊ジュニアです。去年の夏に両親が癌を患いました。両親の余命宣告を受けました。人の倍の経験を一夏で経験しました。
父親は末期の肺ガンで緩和治療のみで、9月に逝きました。母親は膵臓癌でstage3で何とか手術できましたが…癌難民の一方手前ですか…。ネット検索にてたまたま手記を拝見させてもらいました。前向き過ごされてる姿に感銘を受けました。1日でも長くこのblogが続けられることを祈ってます。
∨∨きんちゃん様　コメントありがとうございました。お父様のご冥福お祈りします。お母様が同じ病気とのこと。手術後は抗がん剤治療うを受けているのでしょうか。漢方についてブログに書きましたが漢方外来がある病院は東京のがん研有明病院です。カイジという薬を飲むよう勧められに飲み始めました。パソコンで検索してみてください。これまで分かった健康食品では臨床例が豊富で一番信用できるかなと思っています。手術をしても再発するのが膵臓がんです。そのときどうするか考えておく必要があります。余命はあくまで参考です。希望をもってお母様を励ましてください。

45. 我が家も花ざかり

●2013年4月28日

大型連休である。サラリーマン時代は楽しみだったが、毎日が日曜日となってからは特に感慨もない。

しかし本日は大変良い天気である。女房に誘われて久しぶりに庭に出た。我が家の小さな庭も、いつの間にか花ざかりであった。

生物や植物は子供のころから、どちらかと言うと苦手科目であった。したがって花の名前もあまり詳しくない。さっそく庭で花の名前を教わりながら、しばしの花談義と相

成った。
これはハナミズキ（花水木）。北アメリカ原産である。他に薄いピンクや白い花もある。
1912年、当時の東京市長だった尾崎行雄が、アメリカのワシントンDCに桜のソメイヨシノを贈った際、その返礼として贈られたのが日本における植栽の始まり。その後全国に普及したという。
花言葉は「私の思いを受けてください」「華やかな恋」など。なかなか情熱的である。　これはミヤコワスレ（都忘れ）。紫の花もある。この名前は、1221年の承久の乱で佐渡に流された順徳天皇がこの花を見ると都への思いを忘れられると話したことが由来とか。父親である後鳥羽上皇の討幕計画に参画した天皇は、都へ戻ることなく、21年間失意のうちに配流先で暮らし48歳の若さで崩御している。

花言葉も「別れ」と寂しい。もっとも「しばしの憩い」という意味もあるようだ。シバザクラ（芝桜）は北米産である。花言葉は「臆病な心」「忍耐」「燃える恋」など。何かバラバラで言葉に一貫性がない。

この他では鉢植えのクレマチス、カモミール、アルメリアなどが、いま我が家の庭で咲いている。

これまではあまり関心がなく、手伝いもほとんどしたことがない花壇だが、これからは少し手伝ってみようか。我ながら殊勝なことを考えた。

▼コメント

ななみ∧∧見事なハナミズキですね！　白いミヤコワスレは初めて見ました。柴桜も都忘れも通常より発育が良いような気がするのですが、丹精こめて育てておられる奥様のおかげでしょうか？　いつも思うのですが、写真がとても素敵ですね。東京に住んでいながら行ったことのないスカイツリーや帝国ホテル、そしてインパクト満点の通天閣などなど、観光した気分で楽しく拝見しています。

∨∨ななみ様　庭では最初張り切ってイチゴを植えたりしましたが、うまく栽培できず挫折。庭から撤退しました。それ以来庭は女房まかせでした。東京に住んでいるといつでも行けると思うと、そのうちと言っている間に時だけ過ぎていくものですね。どこでも同じようなものです。

46. ケセラセラ

●2013年5月1日

がんは不思議な病気である。症状は人によって実に様々。末期なると痛みに苦しんでいる人も多いが、全く感じない人もいる。

抗がん剤も効き目は人によってまるで違う。副作用もまた然りである。吐き気や嘔吐などから何も食べたくない。体重が大幅に減ったと嘆く人がいれば、あまり副作用もなく平気だという人もいる。これも全て遺伝子のせいであろうか。

抗がん剤治療については、現在のジェムザールが効いているという判断で、引き続き毎週1回通院で点滴注射を受けている。3週連続投与し1週休みのパターンですでに14回終了。6月中旬に再度CT検査し、今後の方針を決める予定。

漢方については毎月1回東京の専門病院に通い、漢方薬を調合してもらっている。毎日朝5種類・昼2種類・夜5種類の薬を飲むのは結構大変だが、「良薬口に苦し」である。がんに打ち克つための戦略。後半戦に最も期待するのが漢方である。

温熱療法は週1回のペースで続けている。実際の効果のほどは不明なのだが、効いていると信じて今後も基本的には継続したい。

食事治療の方は順調というわけではないが、基本的には肉料理中心から魚料理中心に変えた。体重計で脂肪率の数値を見ると、効果は出ているように思う。体質改善のためには思い切った菜食主義への転換が大切と感じながらも、ストレスにならない程度には好きなものも食べている。

健康食品はカイジ顆粒を選んだ。一般的にはまだ馴染みがないが、中国で臨床例が豊富である。もしかすると……秘密兵器である。

がん治療の難しさは何がどの程度有効なのかよく分からないことである。しかし手術ができないケースではがん対策は総合力の勝負。後悔のないよう取り組むつもりである。


がん患者になって早いもので5カ月が経過した。

体調は軽い味覚障害がある程度で引き続き良好。食欲もあり体重は増加傾向である。病変が縮小したせいか、唯一の自覚症状だった「みぞおち」付近の軽い痛みもなくなった。最近は末期患者であることを時々忘れるくらいである。がんのほうも忘れてくれないだろうか。

今後どうなっていくか。不安がないと言えば嘘になる。しかし、結局はなるようにしかならないだろう。先のことなど分からない。

47. カラオケ今昔

●2013年5月3日

カラオケとは「空《から》」とオーケストラから合成された言葉である。オーケストラ演奏のみで、歌は空っぽであることを表すという。全国カラオケ事業者協会の調べによると現在の市場規模は6000億円を超える。一大エンターテインメント産業である。

カラオケが登場したのは1970年代。若いころは仕事が終わったあと先輩や仲間たちとスナックなどでよく唄ったものである。ほとんどが演歌であった。あの人の十八番は◯◯だった。あの人は△△だった……、懐かしく思い出す。良い時代だった。

現在のようなカラオケボックスが登場したのは1980年代に入ってから。最初は若者の集まる所というイメージがあり、寄りつかなかった。しかし数年前からは二次会はスナックよりカラオケボックスへ行くようになった。他のお客に遠慮しないで唄えるのがメリットである。日本ほどカラオケが独自の発展をした国はないだろう。職場や仲間たちと楽しく唄ってコミュニケーションを図れたからである。

しかし最近では少し事情も変わってきたようだ。「ソーシャルカラオケ」に人気の兆しが見られるという。上司や会社の仲間と行っても本当に好きな歌が唄えない。世代間で歌の好みが違いすぎるというのである。

趣味の合う人とカラオケを楽しみたい。「みんなでカラオケに行きましょう」という呼びかけで集まる若者たち。好きな歌を唄って日頃のストレス解消できる。縁のなかった世代や職種の人たちとカラオケという共通の趣味を通じて自然に仲良しになれる。ソーシャルカラオケの魅力だそうである。時代と共にカラオケの楽しみかたも多様化しているようである。

カラオケボックスの24時間。

午前中から夕方までは高齢者や主婦が多い。夕方から夜にかけてはサラリーマン。深夜から翌朝までは大学生・若者が中心である。また土・日曜日は小・中・高校生も多い。あらゆる世代に浸透したカラオケ文化は今後どう変遷していくことだろうか。

ところで3月31日の「カラオケに通う」ブログから1か月経過した。あれから時折通っては挑戦しているが、当面の目標である95点にはまだ到達していない。先月末の結果は下記の通りであった。

1　旅姿三人男　デック・ミネ　94・5
2　ふたりの世界　石原裕次郎　92・7
3　高校三年生　舟木一夫　91・4
3　琵琶湖周航歌　加藤登紀子　91・4
5　南国土佐を後にして　ペギー葉山　91・2

カラオケに通いだしてから、幾分腹から声が出るようになった。歌の上手さと点数は別物だが、今月末には95点超えを実現したいものである。

48. 韓国への旅

●2013年5月8日

大型連休中の5月4日から韓国ソウルに出かけた。4回目の家族旅行である。みんなの日程調整が難しく2泊3日と短い旅であったが、一応見るものは見て食べるものは食べ、韓国の雰囲気を味わって帰国した。

海外旅行は仕事でドイツ・オランダに出掛けて以来十数年ぶりのこと。女房は新婚旅行以来。長男は初めて。したがって今回の旅行のリーダーは一番海外に出かけている長女であった。何と言っても学生時代から出世払いで各地に旅した経験を活かしてくれるであろう。

もっとも海外と言っても中部国際空港から韓国仁川空港までの所要時間はわずか1時間40分。名古屋から東京に行くより時間的には短い。

離陸して機内で少し遅めの昼食を食べて、一休みしたらもう到着。窓からの景色を楽しむ時間もないほど近かった。

空港からはバスでソウルに向かうのだが、宿泊先のホテルまでのバス代が無料になる

見返りに、土産物店に寄らなければならない。荷物になるのでみやげは帰りに免税店で買うつもりである。したがって何も買う気はないが、時間つぶしで見て回ると化粧品に人気があることが分かった。今や韓国みやげもキムチや海苔だけではないようだ。

バスがホテルに到着し一休みする間もなく、夕方から迎えの車で向かったのは韓国の家庭料理を食べさせてくれる民家風のレストラン。

まずは夕食前に各自が民族衣装を着て記念撮影。男性は李朝時代の貴族ヤンパンの気分。女性は色彩鮮やかなチマチョゴリを着て、良家の妻女・子女といった感じだろうか。

一方料理の方は伝統的な家庭料理。チヂミ2種類、プルコギ、魚フライ、ナムル、エゴマ、各種キムチ、春雨、団子など質量とも十分。参考までに料金は記念撮影と料理合わせて1人6万ウォン。日本円に換算すると1人6000円は高くもなし、安くもなしといった印象。

食事の後はレストランの車でホテル近くの繁華街・明洞《ミョンドン》まで送ってもらう。明洞は東京でいえば渋谷か新宿といった所。とにかく若い人で溢れていた。韓国ソウルは旅行で出かけた人は多いと思うので紹介するまでもないとも思うが、繁華街は日本に比べて屋台が多いのが特徴。縁日のような雰囲気を味わいながら、店を覗いたり、コンビニで飲み物を買ったり、ぶらぶらしてホテルに戻った。

さすがは代表的な繁華街。日本語だけで買い物は十分通用した。

ホテルは日本人観光客の多いロッテホテル。設備やサービスなどは申し分ないのだが、冷蔵庫の飲料水の料金があまりにも高く、必需品のミネラルウォーターなどはさすがにコンビニで買って持ち込んでしまった。

49. NEWS

●2013年5月16日

今年はいつもの春ではないという想いがあった。

4月から5月初めにかけて精力的に各地に出かけた。東京3往復、神戸、奈良吉野、大阪、そして先日の韓国である。いずれも短い旅であったが、それなりに疲れた。

帰国後は遠出を控えて健康管理と体力の維持に努めている。と言っても静養している訳ではない。我が家のニュースはまず農業の真似事を始めことである。

スイカとメロンの苗を買ってきた。食べ物に人一倍関心が高いのは食いしん坊という特性か。それとも食糧難の時代に産まれた団塊世代の特性というべきか。やはり花より実をつけるものに関心がある。

しかし果物つくりは実に難しい。土と肥料を買ってきて土壌作りからスタート。指導員はサツマイモなどで実績がある女房である。

まずスコップとクワで予定地を耕し、石灰とオルトランを播き、1週間後に肥料を播いた。購入した苗を実際に植えるのは、更に1週間後である。苗がどう大きくなって実を結んでいくか。毎日が楽しみである。途中経過はまた報告したい。

油絵も長らく開店休業状態だったが、最近また再開した。3作目の今回は南桂子の銅版画を油絵で模写する企画なので勝手が少し違う。幸いなことに最近は暑くなり、油絵の乾き具合が早い。今月中には完成させたい。

ところでストレスが溜まっては病気によくないので、最近はニュースを見ないようにしているが、あまりに情けないので一言。

靖国や従軍慰安婦などの問題で批判されて本意が伝わっていないと弁明・釈明に忙しい政治家たち。自分の発言に世界がどう反応し、どう展開していくか、本当に分からないのだろうか。もしそうなら想像力の欠如は致命的である。全て承知であえて発言しているなら、もっと堂々とすべきで弁明・釈明はみっともない。信頼できない風見鶏。信念の欠如もまた致命的である。

どちらの場合でも政治家の資格はなく、早く引退していただきたいものである。

気になったのは個性的な演技が光った夏八木勲氏の死去のニュース。何と言っても同じ病気である。

去年11月にすい臓がんと分かり入退院を繰り返す。病気のことは知らせず精力的に仕事をしていたという。闘病期間が7か月だったことを考えると、やはり分かったときは末期だったのだろう。

抗がん剤や放射線治療はどうしたのか。がん患者としては気になったが、そこまで伝えた報道はなかった。最後まで燃焼した立派な生き様だったように思う。

未公開作品もたくさんあるらしい。その中には天皇の戦争責任を問う「終戦のエンペラー」という7月公開のアメリカ映画もあるそうだ。

どんな役柄か分からないが、ぜひ見に行こうと思った。

▼コメント

町田あきさん∧∧お元気そうで何よりです。私も野菜づくりに3、4年前から挑戦。今年はイチゴ、キヌサヤ、ルッコラ、しそなど取り立てを味わっています。当初東京農大の講習にも参加、土作りが肝と学びました。

>>町田あき様　定年後に人生観を180度転換して晴耕雨読。昔からサラリーマンの理想ですが、うまく転換しているようで何よりです。野菜づくりのノウハウなどまた教えてください。また連絡します。

50. 夫婦愛

●2013年5月18日

ネットで調べものをしていたら、昭和62年に千葉県のある住職が朝日新聞に寄せた随筆が偶然目にとまった。人でなくキジの話だが、読んでみて大変印象に残ったのでまず紹介したい。

ある日、お寺の壁に雄のキジがぶつかり、ひん死の重傷を負ってしまいました。雌のキジがコーコーと鳴いて雄の周りを回っているんです。雄は必死に首を上げようとするんですが、ついに力尽きてしまいました。

（私は）痛ましさに胸がいっぱいになり、キジのそばにしゃがみ込みました。が、あんなに警戒心が強い雌キジが、今はもう私のことなど意識になく雄の周りを回っています。

そのうち雌は雄のくちばしの付け根を軽くコッコッとつつき始めました。コーコー。起きなさいといわんばかりです。

それでも、何の反応もないと、トサカやほほの毛をくちばしでくわえて持ち上げようとするではありませんか。が、黒いひとみは閉じられたままです。

ついに雌は雄の体に駆け上がり、必死にひとしきり激しく頭をくわえてひっぱりました。

キジの情愛とはこれほどのものかと雌の姿が涙で見えなくなりました。

雌はやっと事の次第を納得したのか、離れては近寄り、それを数回繰り返して、去って行きました。

放心して見つめる私が、なきがらを始末してやろうとすると、雌が戻ってきたのです。

3メートルほど離れてじっとこちらを見ています。と、今度は決心したかのように、雄のそばにつかつかと力強い足どりで近づき、二度、三度、雄のくちばしをつつき、声も出さず、振り返りもせず、去ってゆき、戻ってきませんでした。

この夫婦は今生の別れをしたのです。はかなかった、短い一生の。

雌は真心をささげて、別れのあいさつをしたのです。命がけで。

人でも動物でも避けて通れないのが死と別れである。キジの話とはいえ夫婦の絆に感動した。しかし、この話を女房にしたところ、「キジは子供だったかもしれないね……」とやや疑問視する発言。美談は少し脱線した。

「親子は一世、夫婦は二世」という。互いに選ぶことができない親子関係と違って、夫婦は他人同士が様々な葛藤を乗り越えて関係を築き上げていくもの。葛藤がある分だけ絆も深く、現世だけでなく来世も縁が続くという仏教の教えとか。

義母が2月に亡くなってから、義父の初めてのひとり暮らしが始まった。女房が時々通ってはいるが、やはり寂しそうである。

夫婦がお互いに相手を掛け替えのない存在であると、しみじみ思うようになってから、残された歳月は意外と短いもの。

誠に誠にささやかな試みであるが、最近は旅行の記念写真はできるだけツーショットで撮るよう心掛けている。

51. 父からの贈り物（3）

●2013年5月21日

今回は長女の希望で南桂子の銅版画「山の村」を油絵で基本的には模写したものであるが、銅版画の精密さを油絵の筆で表現するには能力不足。本物の作品にくらべてみる

と図柄や色合いはかなり違う。またＦ４キャンバスを使用したので縦長になってしまった。南さんも天国で失笑されていることでしょう。
改めて線を一本引くという難しさを痛感した。
南桂子は富山県出身で明治44年生まれ。版画家浜口陽三の妻。昭和28年フランスに渡り銅版画を学ぶ。少女・花・樹木などをモチーフにメルヘンの世界を表現。世界各地で個展を開く。平成16年死去。

52. お葬式考

●2013年5月26日

最近テレビや新聞雑誌などで葬式や、墓の話題がよく取り上げられている。

若い頃なら興味もないのでチャンネルを変えるか、読み飛ばすところだが、今や身近なテーマである。

読売新聞が２０１２年２月に実施した冠婚葬祭の世論調査によると、葬式についての回答は次の通りであった。

Q　仮に自分の葬式を行うとしたら、どのような人に参列してほしいと思うか。

▽家族・親戚・親しい友人　35％

▽仕事関係者・近所の人　15％

▽家族・親戚　14％

▽希望なし　家族に任せる　13％

▽行わなくて良い　5％

Q　自分の葬式についての希望は家族に口頭で伝えたり文書で残しておく。

▽そう思う　67％　▽思わない　32％

Q　葬式にかかる費用には不明朗な部分がある。

▽そう思う　80％　▽思わない　19％

Q　自分の葬儀は宗教色のない葬式にしてほしい
▽そう思う　48％　▽思わない　50％

Q　仮に仏教式で行うとしたら戒名は必要か
▽必要だ　43％　▽必要ない　56％

Q　葬式を行わず火葬だけにする直葬という方法をどう思うか
▽問題ない　72％　▽問題だ　26％

Q　遺骨を灰にしてまく散骨や樹木の下に埋葬する樹木葬など新しい方法をどう思うか
▽問題ない　82％　▽問題　18％

葬式については「行わなくて良い」と考えている人はさすがに少数派のようである。最近増えている家族葬など方法は多様化してきているが、何らかの形でのお別れの儀式は必要と考えている人が多い。

葬式の宗教性や戒名については人様々。しかし時代と共に意識の変化は感じられる。これは世代によってかなり違うだろう。

直葬や散骨、樹木葬など新しい方法については、いずれも問題ないと理解を示す人が多い。しかし自分がそうするかどうかは別問題といったところか。将来はともかく現時点ではまだ課題も多いからである。

葬式は本人だけの問題ではない。残された遺族やこれまでお付き合いしてくれた数多くの人たちが死亡を確認し気持ちにけじめをつける。葬式にはそういう役割もある。直葬にしたところ、自宅に弔問客がたびたび訪れ、遺族の負担がかえって増えたという話も。葬式はやはり必要ではあるまいか。

宗教色についてはどうか。現実的には仏教式が無難だが、戒名は必要ない。

1992年に死去した作家・松本清張の場合、式次第は

▽親族代表挨拶 ▽弔辞 ▽献花

とシンプルなもの。献花の際に好きだったマーラーの「交響曲5番」が流されたそうである。こうした無宗教のお別れ会も魅力的だが、かえって遺族や参列者に負担をかけるのではないか。迷うところである。

葬式の規模や費用はどうであろうか。日本消費者協会の2011年の調べでは平均費用は199万円であった（寺院・飲食費用含む）。最近は比較的安い家族葬が増えてきているが、それでも諸外国に比べると高すぎる。明朗会計でないという批判も根強い。

世間体を気にしても仕方ない。たいした社会的貢献をしたわけではない。簡素で少人数の葬式で十分。そう考えている。

遠隔地の人にわざわざ参列してもらうのは申し訳ない。ブログでお別れメッセージを発信し、死亡通知の代わりとしたい。

ビールでも飲みながら、「○○もとうとう逝ったか」と一瞬でも思い出してもらえれば無上の喜びである。

余命1年の宣告を受けてから「終活」に取り組む。人生最後の儀式もあれこれ悩んで模索中である。

53. ブログのすすめ

●2013年5月29日

ブログを始めた時は続くかどうか心配したが、やってみると結構面白い。

余命1年の宣告を受けなければ一生縁がなかっただろう。

人生の晩年にブログに出会えたことに感謝したい。

開設したのは数あるブログサイトの中のひとつエキサイトブログ。長女が手続きしてくれた。誰が管理人でビジネスモデルがどうなっているかなど詳細は分からないが、とにかく無料である。多分広告収入で運営されているのだろう。

ブログで情報発信しようと思った理由のひとつは、すい臓がん末期と診断されたとき、他の人のブログの闘病記を見て大変役立ったためである。病状は人によって様々。私の例が少しでも他の人の参考になればという気持ちもあった。

今のところ病状が安定しているので、内容的にはがん闘病記とは言い難い。しかし奇跡でも起きない限り、今後病状はやはり進んでいくのであろう。

どう病気と向き合って日々を暮らし、最期の時を迎えるか。できるだけ冷静に記録していきたいと思っている。

ブログを始めると、折角なら数多くの人にアクセスしてほしいと思うようになるのは、やはり人情か。読まれているやら、読まれていないのやら、反響も気になる。

この疑問に答えてくれたのがブログの先輩。マイブログ管理の「レポートを見たら……」と助言をいただいた。毎日のアクセス状況などがすぐ分かるというのである。

さっそく調べてみるとデータは下記のようになっていた。数字はパソコンからのみで、スマートフォンや携帯からのアクセス・訪問者はカウントされていない。

（5月29日現在）

	〈アクセス数〉	〈訪問者数〉
2月	2891	541
3月	2743	786
4月	6816	1625
5月	13195	3664

毎月のようにアクセス・訪問者数が増えている。今月の例だと毎日120人ほどがブログを訪問してくれた勘定になる。

テレビの視聴率同様、単純に喜んで良いかどうか分からないが、同じすい臓がんの患者や家族の人から、「参考にしています」「あきらめないで」などとコメントが寄せられると嬉しいし励みになる。

ブログを開設して良かったと思うことは他にもある。

ひとつは日記代わり。積み重ねていけば自分史的なものにもなる。

一番面白いのは自分の考えを整理し情報発信できること。うまくいかなければストレスが溜まることになるが、締切りに追われる流行作家ではない。その分気楽である。

またテーマを決めて何か書こうと思うと、それなりに本を読み辞書も見る。つまり頭の体操にもなっている。定年後の団塊の世代にブログをすすめたい所以でもある。

▼コメント

とも^^スマホから毎日見ています。カウントはされないですが、あなた様の健康、長寿を日々祈りつつ、チェックさせて頂いております。どうぞこのブログをあと2年でも3年でも5年でも読ませて下さい。応援しています。

^^とも様　応援ありがとうございます。パワーをもらって元気がでました。2年でも3年でもブログが続けられたら嬉しいのですが今後ともよろしくお願いします。とも様もご自愛ください。

あきるー＾＾いつも楽しみにしています。パソコン、iPad、スマホから、その時の気分でいろいろです。パソコン以外はカウントされないなら、かなり多くの方がみていると思われますね。しっかり調べている内容と文章力に感心しています。今日は何がテーマかな？と楽しみにしています。

＞＞あきる様　いつもありがとうございます。テーマでいえば団塊の世代を意識しています。ブログ通によればタイトルのつけかた次第でアクセス件数が大きく変わるそう。抽象的で洒落たタイトルは内容が分からないの避けたほうが良いとか。といっても多少面白さもないと……悩むところです。引き続きよろしくお願いします。

54. スポーツクラブ

●2013年6月2日

運動不足である。万歩計の数字はどこにも出かけなければ1日1000歩以内である。体重も再び70キロを超えた。抗がん剤投与を受けている立場では、体重の増加は必ずしも悪いことではない。しかし、明らかに運動不足で体重が増加しているのでは喜んでいられない。何しろ毎週の予定と言えば、抗がん剤投与と温熱療法などで週2日程度出かける以外にたいした用事がない。足腰にも衰えを感じるようになってきたのは当然の帰結である。

そこで駅前にある民間のスポーツクラブに再入会し、今月からまた通うことにした。実は去年12月までダイエット目的で通っていたのだが、余命を考えて退会した。半年ぶりの復帰である。スポーツクラブに通うと言っても、比較的若い世代が多いヨガや太極拳・エアロビクス・ランニングマシンなどがあるフィットネスジムには縁がない。もっぱらプールのスイム＆ウォーキングコースで泳いだり歩いたりするだけである。

一応の目標は30往復。25メートルプールなので、1500メートル水中散歩することになる。万歩計に換算するとおよそ2200歩にあたる。厚労省のデータでは、水中ウォーキングの消費カロリーは1時間歩いたとして、255キロカロリー。水泳クロールの1337キロカロリーには遠く及ばない。水の抵抗があるので歩きにくい反面、浮力があるので消費カロリーとしては速足で歩くのとあまり変わらないそうだ。

スポーツクラブというと若いイメージがあるが、通っている所ではそうでない。とりわけ平日の日中時間帯は利用者の多くが高齢者である。平均年齢では65歳前後か。男女比では少し女性が多い感じ。中には弁当持参で一日過ごす人も。

プールで歩き疲れたら温めのジャグジープールに浸かる。蒸し風呂で汗を流す。温泉ではないが露天風呂もある。利用時間帯がだいたい同じならメンバーはすっかり顔なじみ。サウナでは世間話に花が咲く。話題はまず自身の健康問題。次いで子供・孫の近況から政治経済まで幅広い。現代井戸端会議である。地域の話題など他所から移り住んだ新参組には参考になることも多い。

スポーツクラブでも我ら団塊世代はなかなか元気なようである。足腰の鍛錬と体重5キロ減を目指して、毎週2回以上は通うつもりでいる。

55. はじまりのみち

●2013年6月5日

現在全国で公開されている映画のタイトルである。日本映画の黄金時代を築いたひとりである木下恵介監督の生誕100周年の記念作品。監督のファンであり「クレヨンしんちゃん」などアニメ映画で高い評価を受ける原恵一監督が、初めての実写映画に挑戦した作品とＨＰには紹介されていた。

さっそく女房と見に出かけた。木下監督は最も憧れていた映画監督だったからである。「はじまりのみち」は昭和19年にメガホンをとった国策映画「陸軍」のラストシーンが戦意高揚にならないと軍部に睨まれ、次回作が中止に追い込まれたこと。会社に抗議し辞表を出して故郷に帰った経緯。そして脳溢血で倒れた母親を疎開させるため、リヤカーに乗せて長い道のりを山越えしたという　実話をドラマ化したもの。

実写映画らしく、田中絹代演じる母親が出征する息子を追いかけていく「陸軍」のラストシーンが印象深い作品であった。

木下監督の作品の中でとりわけ感動的だったのはやはり昭和29年に公開された高峰秀子主演の「二十四の瞳」であろう。

※画像・香川県公式観光サイトより

この年のキネマ旬報ベスト10で1位に輝く。2位も同じ木下恵介の「女の園」。3位が黒沢明の「七人の侍」だったというから、いかに感銘を与えた作品であったか分かる。

戦後再び教壇に立つことになった大石先生を囲んで、戦争で傷つきながらも生き残った教え子が集まり同窓会を開くシーン。

戦争で盲目となった田村高広演じる磯吉が、小学生の頃の記念写真を指差しながら過去を振り返る場面では、涙が流れて仕方がなかった。

去年夏に小豆島を訪れた際は、映画の舞台となった岬の分教場跡などを見学し、当時を偲んだ。

悠久の天地　自然の中で
何故人間は愚かな戦争を
始めるのであろうか。
何故いじらしい命を
捨てさせるのであろうか。

木下　恵介

昭和32年に公開された「喜びも悲しみも幾年月」も忘れられない作品である。公開された当時は小学校低学年であった。田舎の映画館で母親と一緒に見た記憶が今も残っている。

こちらの感動シーンは映画の終盤である。外国に赴任することになった娘夫婦を乗せた客船が、勤務している灯台沖を通りかかる。沖合に灯台の灯をかざしてじっと見守る老夫婦。船の甲板には灯台の灯を見守る娘夫婦がいた。やがて始まる灯台と船との霧笛のやり取りは、長い人生ドラマの集大成だけに万感の思いがした。

灯台守は全国各地を転々とする。各ロケ地の映像も素晴らしい。同じ転勤族だっただけに定年後はかつての勤務地を夫婦で巡ってみたいと思っていたが、こちらのほうは病気で果たしてどうなるか。

若山彰が歌う主題歌も名曲。もちろんカラオケの持ち歌である。

木下監督の映画には権力者や英雄はあまり登場しない。主人公は金も権力もない名もなき庶民である。大事件が起きるわけでもない。時代に翻弄されながらも、助け合って、寄り添って生きる夫婦や家族の日々の生活が淡々と描かれている。

夫婦とは……家族とは……そして幸せとは……。様々なことを考えさせてくれる。

若い世代で木下監督の名前や作品を知っている人はきわめて少なくなった。ビデオレンタル店でも他の巨匠に比較して作品もわずか。もはや過去の人になったのだろうか。

時代は変わっても作品を通して訴えるメッセージの大切さは今も変わらないと思うだけに大変残念である。むしろ今の時代状況だからこそ、若い人にもぜひ見て貰いたいものである。

余談だが木下監督にお目にかかったことがある。小柄だが眼差しの鋭さは鮮明に記憶に残っている。

56. 二人の世界

●2013年6月7日

石原裕次郎のヒット曲ではない。浅丘ルリ子と共演した映画でもない。テレビドラマの話である。

木下恵介が松竹を退社しテレビに進出して、ドラマ制作を始めたのは昭和39年からである。TBSに木下恵介アワーが誕生し、数々の名作が生み出された。

その中のひとつが昭和45年12月から翌年5月まで26回（1回30分）にわたって放送された「二人の世界」である。出演は竹脇無我・栗原小巻。監督は木下恵介。脚本は山田太一と豪華メンバー。あおい輝彦が歌った主題歌も懐かしい。思い出す人も多いのではないだろうか。

ドラマストーリーはきわめて平凡である。若い男女が出会ってお互いに一目ぼれ。わずか3か月で結婚する。しかしその後夫は脱サラ。二人が協力して喫茶店を開業するまでの夫婦愛を描いた物語。

「二人の世界」が放送された昭和45年から昭和46年にかけては好景気で大阪では万博開催。脱サラも流行っていた頃であった。

一方こちらは大学4年生。卒業、研修、就職と慌ただしい時期だった。4畳半のアパートに果たしてテレビがあったかどうか。よく覚えていないが、毎週の放送が楽しみでよく見ていた記憶がある。

若夫婦を演じた竹脇無我・栗原小巻。二人ともただ眺めているだけで、こちらも幸せになるくらい若くて魅力的だった。

どこにでも転がっていそうな単純なストーリー。しかし味付けが秀逸であった。セリフやナレーションもとても洒落ていてドラマを盛り上げていた。ドラマの中でたびたび登場したフレーズも印象深い。

ひとつの巡り合いが、二人の世界が、ただ二人の幸せではなくて、より広い世界を照らすのでなければ二人の世界も、その命を失うであろう。

結局全26話のうち見逃した回もたくさんあり、いつか全て見てみたいとずっと気になっていた。あの当時このドラマを見ていた人の中には、同じ思いの人も結構いるのではないか。

悪い癖で前置きがすっかり長くなってしまった。本日のブログの目的は「二人の世界」の再放送の予定をそうした人にお知らせしたかったためである。

放送するチャンネルはBS11。木下監督の生誕100周年を記念して7月4日から毎週木曜日の夜に全編放送される。放送時間は午後7時－7時57分で2話連続放送。もちろん録画して楽しむつもりである。

何と言っても40年以上も前のホームドラマである。若い世代を取り巻く状況はすっかり様変わり。就職難で脱サラどころではないのが現状だろう。刺激的でストーリー展開も速い今のドラマと比べると、スローで違和感もあるに違いない。

今日より明日が……明日より明後日が……良くなると信じていた古き良き時代のラブロマンス。遥かなり青春時代である。

57. 抗がん剤と血液検査

●2013年6月12日

去年12月から始まった抗がん剤治療。ようやく第2段階の6クールが終了した。来週の月曜日には担当医師からCT検査の詳しい説明を受ける予定である。

前回3月のCT検査では病変がかなり縮小するなど、抗がん剤の治療効果が出ていた。すい臓がんで治療効果判定のひとつの指標となる腫瘍マーカーCA19-9（基準値37μ／ml）のデータを見ると、去年12月が1246u／ml、今年1月が526u／ml、今月が45μ／mlと大幅に低下してきている。

腫瘍マーカーは全幅の信頼は置けないとしても、一応喜ばしい結果である。

病変の更なる縮小を期待したいが、せめて現状維持で推移してくれればと願っている。抗がん剤（ジェムザール）は、覚悟したことだが、がん細胞だけでなく正常な細胞にもダメージをかなり与えている。

これまでの血液検査のデータを見ると、抗がん剤の副作用・影響が体内にじわじわと出てきているのが読み取れる。

まず白血球。免疫機能をつかさどる白血球は、抗がん剤投与すると確実に減少し休むと回復。その繰り返しである。減少すると感染症が要警戒である。

次に血小板。抗がん剤を投与すると血液をつくる機能も低下する。骨髄抑制である。そうなると血小板が減少する。出血が起きやすく、また出血が止まりにくくなる。原因不明だが一度だけ血小板が大幅に減り抗がん剤投与が中止になったこともあった。

ヘモグロビンも減少の一途をたどっている。こちらは毎回のように基準値以下である。減少すると鉄分が不足し貧血状態に。体内は慢性的な酸素不足となる。最近疲れやすく感じるのは、ヘモグロビン減少の影響だろうか。

今いちばんの悩みは味覚障害。

最近は何を食べてもあまり美味しくない。これも抗がん剤の副作用か。血液中の亜鉛不足が原因で起きるようである。カキやゴマ・ひじきなど亜鉛や鉄分を含む食品を食べるのが良いというが……。

がんという強敵を相手にしているので贅沢は言えない。

しかし、人生の楽しみを半ば奪われたよう。

早く味覚が戻らないか。一日千秋の想いである。

抗がん剤で病変がたとえ縮小しても、それによって余命が単純に伸びるわけではない。伸びてもせいぜい数か月程度と言われている。

病変が縮小しなくても、大きくさえならなければそれで良い。むしろ抗がん剤は投与の回数や1回あたりの投与量を減らす。そして副作用を緩和し生活の質を確保したほうが良いという考え方もある。

同じすい臓がん、同じ末期患者と言っても症状は様々である。治療効果も個人差が激しく、なかなか正解は求めにくい。

抗がん剤と今後どう付き合うか。正直迷っている。

58. 黄疸で緊急入院

●2013年6月18日

17日は慌ただしい一日となった。

当初は先週のＣＴと血液検査の結果を聞いて、問題がなければ、いつもどおりの抗がん剤を投与して帰る予定だった。ところが血液検査の結果、白血球や血小板などは問題がなかったが、「総ビリルビン」とあまり聞き慣れない検査項目の数値が基準値（０・３－１・２）を大幅に超えて、３・４㎎／dlに達していることが分かった。「総ビリルビン」は黄疸を測定する指標である。以下は担当医師の説明である。

「胆管が腫瘍に浸食され狭くなっています。このため胆汁が流れにくくなり数値が悪くなってきていると思われます。まだ典型的な黄疸症状が出てきているわけではありませんが、早めに措置したほうが良いと思います。

緊急入院してステントで胆管を広げる手術を受けてください。簡単な措置なので所要時間は20分程度。順調なら3、4日で退院。発熱があっても7日から10日で退院できるでしょう。味覚障害がひどくなった理由のひとつかもしれません。尿は黄色くなっていませんか」とのこと。

その後のトイレ。確かに尿の色はいつもより黄色であった。それに私の場合のように胆管近くにできた腫瘍と黄疸はつきものである。

幸いベッドにも空きがあるというので緊急入院に同意。午後2時過ぎには措置室のベッドの上でまな板の鯉となった。

一応手術だが、実際は胃カメラを飲むのとあまり変わらない。麻酔を喉元に溜めて注射を一本。自然に眠くなって少しウトウト。「○○さん」と呼びかけられ起きた時には終了していた。

これで最近の最大の悩みである味覚障害が少しでも改善されれば嬉しいのだが……。とにかく口にできるものは水とお茶だけ。本日と明日午前中までは絶食である。

家族も帰り長い夜が始まる。しかし、前回の入院時にはなかったブログが今回はあるではないか。時間もある。少しは納得できるものが書けるであろうか。

ところで黄疸騒ぎですっかり影が薄くなってしまったが、本日のブログの主役となる予定だったCT検査の結果である。医師からは、

▽病変は3月に比べて更に縮小し2センチくらい。
▽肺転移の部分も縮小
▽肝臓転移はなし
▽腹水もなし
▽現在使用している抗がん剤は引き続き効いている

と説明を受けた。今後の抗がん剤の量や点滴回数などについて相談したかったのだが、今回の緊急入院でこちらのほうは仕切り直しとなった。

▼コメント

あきるー∧∧黄疸症状が出る前に検査で分かって良かったですね。手術も簡単にすんだようですし、ひとまず安心というところでしょうか。味覚が戻ってくれることを願っています。
∨∨ありがとうございます。手術は簡単でしたが異物が体内に入ると少し変な気分です。あとは胆管炎という後遺症に気をつけてくださいと言われました。落石注意と同じで本人が注

意してもどうなるものでもないでしょうが……。

59. 無事退院しました ●2013年6月20日

がん患者になって二度目の入院。

今回は血液検査で総ビリルビンの数値が突如高くなって、初期の黄疸症状が出たため緊急入院することになったもの。腫瘍が胆管を塞ぎ胆汁の流れが悪くなったのが原因だとか。

すい臓がんでは黄疸はよく見られる症状で、プラスチック製のステントを口から胆管に入れて胆汁の流れを改善する。

比較的よく行われている内視鏡的留置手術は短時間で終了した。その分体力の消耗も少なく、気持ちも楽だった。

ただ、胆管にステントがなじむまで絶食が必要である。結局48時間は水とお茶だけで過ごしたが、不思議と空腹感はあまりなかった。理由は点滴の中に含まれている糖分のせいとか。血糖値が上がると、脳がそれを検知して満腹信号を出すそうである。

人間の体は本当によくできているものだと感心した。

入院3日目の水曜日、朝の血液検査で数値が正常値に戻り、食事は昼食からＯＫとなった。さっそく1階のレストランで天ぷら蕎麦を食べる。味覚も少し戻った?気がした。

病院の就寝時間は午後10時。個室なので多少遅くても注意されるわけでもないが、さすがに12時までには寝るようにしている。

夜中にたびたび目が覚めトイレに行く。黄色かった尿の色も正常に戻ったようだ。

起床は午前5時くらい。日中は昼寝をしたり、テレビを見たり、新聞を読んだりして一日を過ごした。

3泊4日となった今回の入院でも、医師・看護師には大変良くしていただいた。

退院時には患者アンケートの調査用紙をもらった。もちろん最高ランクの「とても満足」に○をして退院した。

60. 特急「はくと」に乗って

●2013年6月22日

38年ぶりに降り立った鳥取駅。駅舎も駅前も整備され、すっかり変わっていた。十年一昔である。変わらないほうがおかしいか。駅前から彼方に見える鳥取城址・久松山だけが昔のままの雄姿で出迎えてくれた。

懐かしい街を歩くと言っても、ハードスケジュールで自由時間はあまりなかった。住んでいた場所も探訪してみたかったが、諦めて街の繁華街付近を少しぶらぶらした。商店街を歩いたが、さすがに見覚えのある店は少なかった。新規出店の店もあるだろう。改装した店も多いに違いない。お気に入りだったレストランは閉店していた。錆びついたシャッターを見ると寂しい気がした。38年も経てば仕方ない。商売往来浮世変遷である。それでも、時々見覚えがある店を見つけるとホッとした。この喫茶店もそう。懐かしい。

ふらりと中に入ってしまった。

「店は開業した60年前から全く変わっていません。すっかり古くなってしまってお恥ずかしい。景気ですか?……ダメですね」3代目だというマスターが愛想よく話してくれた。

「レトロの雰囲気で良いと思います」と応じて、しばし昔話。ソフトクリームを食べて店を後にした。

街の中心部にある若桜橋。下を流れるのは袋川。川の土手沿いには遊歩道なども整備されていたが、川の流れは昔のままであった。鳥取市の出身である岡野貞一が作曲した唱歌「ふるさと」の歌詞には「小鮒釣りし彼の川」とあるが、今でも釣り糸を垂らせばフナが釣れそうな気がした。

スナックや小料理店が立ち並ぶ繁華街にも行ってみた。まだ日中だけに、さすがに人通りは少ない。通った店は確かこの辺だったと古い記憶をたどりながら探してみると……。やっと見つけた1軒のスナック。ペトロ＆カプリシャスの「五番街のマリー」が流行っていた時代。飲み物は水割りかハイボールだったか。さまざまな記憶が蘇った。こちらはまだ開店前。記念撮

影しただけでおとなしく引き揚げた。元気なら夜になるのを待って出かけるところだが……。

鳥取は青春時代の5年間を過ごした懐かしい土地。しかし、転勤族でもともと地縁血縁があるわけではない。当時の仕事仲間も全国に散っている。

その中で将来鳥取に行くことがあれば訪ねたい。「久しぶり」だと酒も酌み交わしたい。

そう思って年賀状をやり取りしていた先輩は、残念ながら数年前に逝ってしまった。

40年近くも経てば唐代の詩人劉希夷の言う通り、「年年歳歳花相似、歳歳年年人不同」である。

61.「余命3か月のウソ」

●2013年6月28日

書店の前を通り過ぎようとしたとき、気になるタイトルの本が眼にとまった。『余命3か月のウソ』。著者は近藤誠氏である。

誰かがささやいた。

「この本いつ買うの？」「今でしょう」

早速購入して読んでみた。余命に関して印象に残った記述は下記の通り。

▽医師が余命を宣告するときは、大抵短めに伝える。だから余命を言われた人の6割近くは宣告より長く生きる。
なぜ短めなのか。ひとつは患者が早く亡くなった場合のリスクヘッジのため。

「1年は大丈夫です」と言っておいて3か月で亡くなったら医師として面目が立たない。

もうひとつは、余命を短く言うほど患者に脅しが効く。手術や抗がん剤などの治療がしやすくなるためだとしている。

▽余命宣告の多くはいいかげん。
医師から例えば「何もしなければ余命3か月」と言われても、歩いて病院に行ける人間であれば、そんなことはありえない。たとえ末期がんの患者でも、余命の幅は数か月から10年以上に及ぶなど驚くほど幅広い。

余命とは平均値ではなく生存期間中央値である。生存期間中央値は、その集団の半数、50%の患者が亡くなるまでの期間。例えば胃がん末期では余命3か月と宣告する医師が多いが、実際の生存期間中央値は1年前後。もっと早く亡くなる患者さんもいるし、5年生き続ける患者さんもいる。治療さえしなければ、宣告よりかなり長生きできる可能性が高い。

▽人は死んでも、まわりの人の心に生き続ける。
良いイメージを残して逝かないと残された人が可哀そう。ひとりの人間が死に至る姿は、周りの人々の心に深く刻まれる。苦しくても周りを思いやる気持ちを失わないように。

著者自身も出来るだけ明るく、みんなの負担にならないように死んでいきたいと述べている。

著者の近藤誠氏については改めて説明するまでもないだろう。多くのがん患者の支持を集める日本で一番有名な医師だと思うからである。20年以上にわたって独自の理論を展開し、日本のがん医療を推進している国や学会、医療メーカーを舌鋒鋭く批判している。立場上大丈夫だろうか。こちらが心配するほどである。

本来ならとっくに医学部教授のはずだが、肩書は今も講師のまま。異端児として各方面からの圧力も相当なものがあるだろうと容易に想像がつく。

権力に屈せず正しいと思うことを誰に対しても主張する。その不屈の精神力。到底マネはできないが、同じ1948年生まれとして誇らしく思っている。

＊＊＊＊

家族の回顧録②　体重が落ちていく

父の大好物は焼肉にすき焼き、お寿司に季節のフルーツ。週末になると朝から「今日の夕食は何食べようか？」とそわそわする父。「お父さんは本当に食べることばかり」と呆れ顔の母。これが近藤家休日のお決まりの光景でした。

独身時代、友人からもスリムだと言われた体型は、30年の間に10キロ増加。スイカの大玉が入っているかのような大きなお腹がいつしか父のシンボルマークになっていました。ジムに行ってもなかなか減ることのなかった体重に変化が見られるようになったのは2012年10月頃からです。「最近、順調に体重が減ってきている」と驚く父に対して誰も病気の疑いを持っていませんでした。

4月〜6月の季節は闘病生活の中で一番平穏な時だったように思います。抗がん剤の副作用やすい臓がん患者症状である背中の痛みもほとんどなく、食欲旺盛。余命宣告を受けたことがまるで他人事のようだと口にしていました。味覚障害が生じることを何よりも心配していたなかで行きたいところへ足を運び、食べたい物を口に出来たこの穏やかな時間は父にとって幸せだったに違いありません。

十二指腸狭窄が見られるようになった秋頃、少しでも食事ができる時間を伸ばしたいという思いからステントの装着を決意しました。体調が戻ったら関東風のうなぎが食べたいと言っていた父でしたが、退院後から摂食障害が現れ、体重が一気に減少しはじめました。食事の時間に顔を歪めることが多くなり、次第に体重計に乗ることさえ怖くなるほど父の手足は細くなりました。最後の退院からの１か月間で13キロ落ち、父の体重は49キロに。「いよいよ病人らしくなってきたな」と冗談っぽくつぶやく父にかける言葉が見つかりませんでした。

（長女・まり子）

第3章

夏

(2013年7月－8月)

62. 詩集「死の淵より」

●2013年7月1日

小説家であり詩人でもあった高見順が食道がんの宣告を受けたのは、昭和38年だった。以後亡くなるまでの3年の間に、病床で書き留めた詩をもとに出版されたのが詩集「死の淵より」である。

がん患者になるとは夢にも思わなかった若き頃。詩集を購入してペラペラとページをめくって読んだ遠い記憶はあるが、特に感銘を受けたという印象はない。

しかし先日購入した近藤誠医師の著書の中に、この詩集の一部が紹介されていたので書棚から取り出して再び読んでみる気になった。

人間というものは本当に身勝手なもの。自分自身ががん患者になって読んでみると、同じ詩でも受ける印象はまるで違う。作品のひとつひとつが心に響き同調するのである。

「帰る旅」

帰れるから　旅は楽しいのであり
旅の寂しさを楽しめるのも
我が家にいつか戻れるからである
だから駅前のしょっからいラーメンがうまかったり
どこにもあるコケシの店をのぞいて
おみやげを探したりする

この旅は自然に帰る旅である
帰るところのある旅だから
楽しくなくてはならないのだ
もうじき土に戻れるのだ
おみやげは買わなくていいか
埴輪や明器のような副葬品を

大地に帰る死を悲しんではいけない
肉体とともに精神も我が家へ帰れるのである
ともすればとも悲しみがちだった精神も
おだやかに地下で眠れるのである
ときにセミの幼虫に眠りを破られても
地上のそのはかない生命を思えば許せるのである

古人は人生をうたかたのごとしと言った
川を行く舟が　描くみなわ（水泡）を
人生とみた昔の歌人もいた
はかなさを彼らは悲しみながら
口に出して言う以上
同時にそれを楽しんだに違いない
私もこういう詩を書いて
はかない旅を楽しみたいのである

「黒板」

病室の窓の　白いカーテンに
午後の陽がさして　教室のようだ
中学生の時分　私の好きだった若い英語教師が
黒板消しでチョークの字を　きれい消して
リーダーを小脇に　午後の陽を肩先に受けて
じゃ諸君と教室を出て行った
ちょうどあのように　私も人生を去りたい
すべてをさっと消して　じゃ諸君と言って

当時はがんを患えばイコール死だった。高見順はまだ五十代半ばという若さ。やりたいこともたくさんあったに違いない。
「死の淵より」に残された60編あまりの詩からはがんに臥した無念さと絶望、そして諦念から覚悟、最後には希望までが窺えるような気がした。

高見順が世を去ってから50年余り。がん医療も格段に進歩。世間の認識も相当変わってきたようにも思う。

しかし患者の気持ちは……。変わっていないようにも思う。

63. 減量

●2013年7月3日

抗がん剤を1か月ぶりに再開するにあたって、投与量を少し減らせないか担当医に相談した。理由は味覚障害など副作用で食欲が落ち、この1か月で体重が5キロ近く減少したことをあげた。

投与量を少しでも減らすことで副作用を緩和し、免疫力を高めたいという思いもあった。

抗がん剤については細かいガイドラインがある。例えば投与量については本人の身長・体重から体の表面積をもとに算出する。私の場合もこの計算式で一回あたりの投与量が決定された。その結果これまで18回の投与が行われ、腫瘍はかなり縮小してきている。

したがって担当医としては、今の投与量を今後も継続してみてはというのが基本的なスタンス。こちらとしても、現状通りでも良いのではないかという気持ちもあって、相当迷った。

しかし、結局のところ最終的には自己責任の問題。

腹をくくって多少強引に希望を押し通した。

これまで1700㎎だった投与量を300㎎減らし、1400㎎で再開してもらうことにした。

理由は、私の場合は抗がん剤の目的が治癒ではないことだ。治癒を目指すなら決められた通りにしたほうが良いだろう。しかし、転移したがんの場合の目的は、延命、あるいは症状の緩和である。それを実現するための具体的な目標が医学的見地では腫瘍の縮小であるが、それが余命の延長に必ずしも結び付かない現実は多くの臨床例が示している。

腫瘍は確かに縮小したが副作用で正常細胞もダウン。体が衰弱し延命はできなかった例が多いからである。

またリバウンドの問題も大変気になった。腫瘍が小さくなればなるほどリバウンド反動が怖いのである。これは通常のダイエットでも同じである。むしろ腫瘍は小さくするのではなく、大きくならなければ良いのではないか。投与量を減らしても現状維持が期待できるのではないか。正常細胞はできるだけ傷つけないように。免疫力を保てないか。

そんな期待も抱いての今回の減量であるが、この選択が本当に正しいのか正直言ってわからない。


末期患者となると医師も患者の気持ちをかなり尊重してくれる。その分患者は自分で考え判断し、その結果についても責任を持たなければならない。

手術・放射線治療、抗がん剤の標準治療。

免疫療法、漢方、民間療法などその他の代替治療。

専門家の医師でさえ評価はまちまち。全く見解が違うことも珍しくないのが、がん医療の現状である。

全くの素人である患者が何を頼りに判断し、治療を選択していくのか。

がん難民の彷徨は今後も続くのだろうか。

64. 初めての夏

●2013年7月9日

8日、梅雨が明けた。

例年より13日も早いという。暑い毎日がいよいよ始まった。

子供の頃から季節の中で夏が一番好きだった。理由は夏休みがあったから。

田舎育ちである。小学生の頃は学校の宿題はいつも後回しであった。特に夏休みに入ると朝から晩までよく遊んだものである。海水浴、川遊び、少年野球、セミ取り、花火などなど。ホタルの乱舞も珍しくなかった。夜になると家の前で簡単に捕れた。

まだ一般家庭に冷蔵庫はなかった時代。縁側や茶の間では井戸水で冷やしたスイカを家族揃って食べる光景があちこちでよく見られた。

映画では「三丁目の夕日」の世界。音楽では井上陽水のヒット曲「少年時代」の世界。

今でも幸せなあの頃のことが懐かしく蘇ってくる。

遊び仲間の音信が途絶えて久しいが、みんな元気でいるだろうか。社会人になってからも、夏が一番好きな季節であった。夏季休暇を利用しての家族旅行はいつも8月。寝台特急に揺られて北海道へそして九州へ。

各地に旅した親としての絶頂期。ビデオに残された笑顔の思い出は、半袖短パンの夏に集中している。

タイトル「初めての夏」の意味はふたつある。ひとつは定年退職後に初めて迎えた夏。毎日が日曜日の生活になってしまっては、夏休みの価値も大幅に下落した。それでも何か心がウキウキし、気持ちが開放的になるのは季節の賜物か。それとも長年の習慣の賜物か。

これまでは冷房の利いたオフィスで40年以上快適な夏を過ごしてきた。さて今年からはどうするか。健康や節電のことも考えて暑い夏に耐えてみようか。クーラーのリモコン片手に悩むことになりそうである。

もうひとつは、末期患者になって初めての夏という意味。余命宣告通りなら最後の夏となる可能性も。

人間の運命は計りがたいものだが、無為に過ごすわけにはいかない。まだ体力、気力があるうちに何をなすべきか。もう後回しにできない夏の宿題である。

小学校の終業式の日に通知表と一緒に貰ったものに「夏休みの友」というのがあった。宿題帳と生活日誌を合わせもった小冊子である。今そこに生活の目標を何か書き込むとしたら……。

早寝早起き。まずは健康に過ごすことをあげたい。がん細胞は低体温が大好きである。体を冷やさないように注意したい。ビール、かき氷など好物は特別な日を除いて原則グッドバイ。この際忍耐力を試してみよう。スポーツジムでもカラオケでも何でも良い。積極的に出掛けることも生活目標にしよう。「鬱」は突然やってくる。油断大敵なのである。

定年後に・末期患者として迎えた「初めての夏」。とても大切で貴重な時間を、元気に楽しく乗り切りたいものである。

65. 盆の入り

●2013年7月13日

日頃は合理的であることに魅力を感じている。しかし時として不合理であることに、むしろ不合理だからこそ魅かれることもある。

日本人の暮らしに根付くお盆の行事もそのように思っている。私の住んでいる地域は本日7月13日が盆の入りであった。

写真は近くのスーパーマーケットで購入してきたミニお盆セット。

どんな物が入っているかというと、まず迎え火、送り火用に使用する麻殻である。

迎え火は麻殻を玄関で焚くことによって精霊を迎える道標となる。

送り火は精霊があの世に戻る帰り道を照らす。

盆ゴザ、真菰《まこも》、蓮の葉は精霊を迎え、供養する棚を作るのに使用する。中央に位牌を安置し、果物や野菜、生け花、故人の好物などを供える。

茄子と胡瓜も欠かせない。お盆の期間中は故人の霊がこの世とあの世を行き来する乗り物となる。

折った割り箸を足に見立てて差し込めば、胡瓜は足の速い馬。あの世から早く家に戻って来るように。一方、茄子は歩みの遅い牛。この世からあの世に帰るのが少しでも遅くなるように。また供物を牛に乗せてあの世に持ち帰って貰うとの願いが、それぞれ込められているという。

「郷に入っては郷に従え」である。我が家でも夕方玄関前で「迎え火」を焚いて霊を迎えた。明日は僧侶が読経して各家庭を回る棚経参りがある。そして明後日は送り火をして霊を見送ることになる。

お盆の時期については、全国的に見れば月遅れの8月13日から16日にかけて実施する地域が多いようだ。いわゆる旧盆である。

しかし東京、横浜、静岡、金沢など一部地域では7月15日を中心に実施するところが多い。一説によると、もともと江戸時代までは、全国のほとんどの地域が旧暦の7月15日前後に実施してきた。しかし明治になって新暦（太陽暦）が採用されてからは、農作業で忙しくゆっくり先祖の供養ができないと、月遅れのお盆を行う所が増えてきたという。

この世とあの世の繋がり。そして先祖との繋がり。日頃忘れがちなことを意識させてくれるのがお盆である。伝統行事を通して何か見えてくるものがあるのではないか。そんな気がして小さな仏壇に手を合わせた。

66. 味覚障害

●2013年7月17日

がん患者になってから比較的元気でいられたのは、抗がん剤の副作用をあまり感じなかったためである。味覚障害も幸い軽く食欲も旺盛。体重の減少もなかった。ところが6月半ば頃から何を食べても本来の味がしなくなった。御菓子などの甘いもの。アイスクリームなどの冷たいもの。果物はまだ美味しさが分かる。

しかし肝心のご飯、肉や魚、野菜などは味覚の低下が甚だしく美味しくない。食べるのが憂鬱な心境である。

朝はパン1枚。昼は麺類を軽く。夕食もご飯は一杯がやっと。

体重も減り始めた。

抗がん剤と味覚障害の関連について四国がんセンターの調査によると、外来で抗がん剤治療を受けた380人のうち47％の患者が抗がん剤投与後に「味覚に変化があった」と答えている。

先日のブログで触れたように、今月から抗がん剤の投与量を減らしたのも、症状を少しでも改善できないかという思いからであった。

味覚を感じるのは、まず舌の表面などにある神経の末端である味蕾《みらい》という小さな器官だそうである。味蕾では新しい細胞がいつも作られているが、細胞を作る際に亜鉛が必要となる。この亜鉛が不足すると味覚障害が起きるという。

果たして亜鉛不足が原因なのか。それとも抗がん剤の副作用で味蕾の細胞や脳に味覚を伝える味覚神経がダメージを受けているのだろうか。

唾液も重要である。唾液は味の成分を感じる細胞を運搬する働きがある。味蕾が味を感じるには水分が必要だが、抗がん剤の副作用や加齢で液の分泌が減少する。そうなると口の中が乾燥しやすくなり、味覚が低下するという。

飴を舐める。うがいをして口の中が常に潤った状態にしておく。また歯垢や舌苔の除去するために日常的なブラッシングも大切らしい。

もはや人生の楽しみと言っても、そう多くない。

やはり最後に残るのは食べることである。その食べ物が美味しくないと精神的にも落ち込んでしまう。

食べ物本来の味をそのまま味わえる幸せ。

最近では、腫瘍が小さくなるより味覚が正常に戻ってほしいと願う毎日である。

▼コメント

瀬戸武∧∧暑い夏、味覚がないのはとても辛いと思います。食べることは人間の基本的な欲求ですからね。食べたいのに、食べられない苦痛をどうしたら乗り越えることができるのか、残念ながら私には分かりません。熱中症にならないよう水分補給に気を付けましょう。∨∨ありがとうございます。レモン水を飲むと良いと聞いたので早速買ってきて飲んでいます。多分精神的な要素が大きいかもしれません。お互い熱中症に気をつけて夏を乗り切りなしょう。

67. 富士山

●2013年7月20日

富士山が世界文化遺産となった。

サラリーマン生活の終わる頃に富士山に多少関係した仕事をした。そのこともあって文化遺産になるかどうか、注目していたので喜んだ。観光客が増えすぎて自然破壊にならないように、課題をひとつずつ克服していってほしい。

富士山を初めて見たのは昭和42年2月。大学受験で上京した時である。すでに新幹線は開通していたが、高校生が新幹線に乗るのは贅沢と思ったか節約しようと思ったのか。大阪から東海道線の急行に乗って東京を目指していた。

電車が富士川の鉄橋にさしかかった頃である。乗り合わせていた乗客から「富士山だ」と歓声が一斉にあがった。

あわてて外を眺めると予想した目線の遥か上に、写真でしか見たことがなかった雄姿があった。

「あたまを雲も上に出し、四方の山を見下ろして……」唱歌の如くである。古より東海道を行き来した幾多の旅人がその姿に魅了されてきたのも頷ける景色。その孤高で雄大な姿にただ見とれるばかりであった。

その後社会人になって全国各地の名所も数多く見たが、あの時ほど感動したことはない。時代や人は変わっても特別な存在。富士山は日本人の心のふるさとである。

世界遺産に登録されてから初めて迎えた夏。予想されたことだが例年以上の登山客で大賑わいとか。

今となって心残りがあるとしたら、やはり一度は登ってみたかった。就職してから縁があって静岡市内に5年間も住んでいただけに尚更である。富士山はゴミでいっぱい。眺める山で登る山ではない、と当時は言われていた。

80歳になってエベレストに登る人がいるのだから、がん患者でもと思わないわけではないが、体力的にはもはや自信がない。

写真は今年3月に日本平のホテルから携帯で撮影したものである。

この日は穏やかな日和。大勢の観光客が訪れ賑わっていた。このホテルのレストランでは、富士山を眺めながら食事ができる。

知人とその時に食べたカレーライス。ライスのかたちをご覧あれ。昔話をしながら、ゆっくり景色と味を楽しみ至福のひとときを過ごした。

68. 持続する志

●2013年7月23日

話をしたのは一度きり。名前も顔もよく憶えていないが、いつまでも印象に残っている。

そんな人間がいるものである。

最初に彼を見たのはもう30年以上も前。場所は郊外のキャバレー。そこで働くホステス達の賃金未払いでトラブルが起きていた。

ホステスは日給つまり日雇いである。地元の日雇い団体が支援に乗り出していた。彼はそこのメンバーだった。このとき立ち話をした印象では、年齢は推定で35歳前後か。精悍な顔つき。学生時代は活動家だったかも。そんなイメージだった。

記憶では現場のキャバレーに泊まり込むなどして、経営者側との交渉にあたっていたが、結局その後どうなったか。残念ながら記憶にない。

彼を再び見たのは最初に出会ってから2年くらいが経過した、師走の寒い日。今度の場所は市役所であった。

路上生活者の凍死や襲撃事件が社会問題化していた。労働組合やキリスト教団体などで構成するホームレス支援団体では年末年始対策を要請。この場でも彼は中心的な存在だったように思う。

しかし団体交渉は紛糾し荒れ模様。会場付近には大勢の警察官も動員され、一触即発の雰囲気だった。そのうち緊張した糸がプツンと切れるように、怒号が飛び交う中で交渉が打ち切られた。

この騒動で逮捕者が出たかどうか分からない。ただ彼は警察官にとり囲まれ連行されるように会場から姿を消した。そのうしろ姿を見たのが最後（？）になった。

幾多の月日が流れた。昭和が終わり平成の時代が始まって、早くも四半世紀が経つ。

こちらはサラリーマンとして、その後各地を巡り、現在の地に住宅を買って移り住んだ。しかし人生とは想定外の事態が起きるもの。定年からわずか2か月後。去年12月にがんの末期患者となってしまった。そうならなければ恐らくブログを開設することはなかったことだろう。

余命1年の宣告を受けてから、これまでの人生を振り返ることも多くなった。比較的穏やかな人生を志向してきたせいか、激しい生きざまを見ると畏敬の念を感じる時も。別に後悔するわけではないが、もっと別な生き方はなかったのか。そう自分に問いかける時もあった。ふとそんな時に彼のことを思い出し、書き留めておきたくなった訳である。

その後どうしているか。生きていれば70歳前後だろう。

そんな気持ちであった。

彼の所属していた団体の名前は覚えていた。その後の消息を知る手掛かりが何かあるかも知れない。そんな気がして、先日パソコンでホームページがあるか検索してみる気になった。

そこで見つけたのである。

去年のことのようだが、今度はレストランで起きた新たな賃金未払いトラブル。その現場でマイクを握って活動している姿。髪はすっかり白くなり顔つきもさすがに変わっていた。しかし面影はある。名前……そうだ、思い出した。確かに間違いない。彼は今も健在だった。

彼の多分長い活動の是非については判断材料もなく正直言って分からない。きっと様々な見方があるに違いない。その辿ってきた道や人柄についても不明である。

分かっているのはただひとつ。過去も現在も、同じ団体で、同じスタンスで活動している「持続する志」だけである。

まさに人生いろいろ。今となってはゆっくり語りあう時間もないし、その人生を聞き出してまとめてみる気力もない。

ただもう若くない。

ほぼ同じ時代を駆け抜けてきた人間として、彼の健康を祈るだけである。

69. 一期一会

●2013年7月27日

東京にあるがん専門病院の漢方外来で診察を受けるため、今月25日上京した。

血液検査では腫瘍マーカーの数値が多少上昇。しかし気にする数値ではなく、病状はあまり変化なしといった診断だった。次回は10月。元気にまた上京できることを願っている。

当日夜は、銀座でOBの集まりがあった。それは同じ時代に名古屋で一緒に仕事をした先輩や仲間たちが開いてくれた励ます会でもあった。集まってくれたのは懐かしい顔ぶればかり15人ほど。お互いの近況報告や昔話、そしてカラオケで盛り上がった。

現役時代の経験やエッセーを本にして出版した人。異分野の全く新しい世界に挑戦している人。孫の世話に忙しい人。定年後は週2日程度のアルバイトをして女房との円満な関係構築に励んでいる人など。近況は参考になる話もたくさん拝聴できて楽しかった。

そして会の最後は、私のブログ（2月12日）を読んで演出してくれたのか、みんなで肩を組んで谷村新司の「昴」を大合唱。

客観的に見れば決して若くはない集団だが、まだパワーはいっぱい。みんな少しだけ若返って会場を後にした。

末期患者になってから早くも7か月が経過した。

もともと社交的な人間ではない。どちらかというと無愛想で無精な人間の部類に入る。多くの人を引き付ける人望もあるわけではない。それでも多くの先輩・知人・友人が、気遣って励ます会を開いてくれる。誠にありがたい話である。

幸いこれまで体調は比較的良好。また飲酒についても、主治医からは少量ならOKと言われているので楽しい時間を過ごすことができている。

しかしこの調子がいつまでも続くとは思っていない。味覚障害からの食欲不振も改善の兆しが見えない。何をしてもすぐ疲れるようになった。体調はいつ変化するか分からないのである。

抗がん剤の副作用にもっと苦しんでいる人、モルヒネで痛みに必死に耐えている人、突然終わりを告げるブログの闘病記などを見るたびに、最近は生かされている身であることを実感することが多くなった。

タイトルの一期一会という言葉は、幕末の大老で茶人でもあった井伊直弼がその著「茶の湯一会集」の中で、自分の茶道の一番の心得として使い世に中に広まったものだという。意味は改めて説明するまでもないだろう。

明日のことは分からない。

とにかく一日一日を大切にしたい。

人との出会いは、まさしく一期一会の心境である。

70. 楽しみランチ

●2013年7月29日

毎週月曜日は病院通いである。女房運転の車で家を出発するのは午前7時過ぎ。8時過ぎに病院に到着して、血液検査から診察、そして抗がん剤の点滴と一連の治療が終わると、時間はいつも正午過ぎになる。

病院帰りの楽しみは昼食である。本日はどこで何を食べるか。昼だからどうしても麺類が多くなるのだが、毎回のように店を変えてほんの少し贅沢な気分も味わっている。

本日立ち寄ったのは、二の丑（8月3日）も近いと大奮発して地元の鰻店。一度行ってみようと話していた店である。

味覚が戻ってからとも思ったが、いつのことになるやら分からない。今後の体調次第では食い納めかもしれない。少し神妙な気持ちになって暖簾をくぐった。

さてこちらで鰻と言えば「櫃《ひつ》まぶし」である。

地元の有名店はいつも行列だが、遠来のお客が来ればよく出かけた。そして一膳目はそのまま食べて、二膳目はネギなど薬味をかけて、最後の三膳目はお茶漬けでと講釈しながら食べたものだ。

しかし本日はあえて上鰻丼を注文した。純粋の名古屋人ではないせいか。本当は蒸した関東風のやわらかいのが好み。鰻丼・うな重のほうが好きだからである。

ご承知のように関東風と関西風では、鰻のさばき方や焼き方が違う。

関東では鰻を背開きして白焼きしたあと、蒸して再び焼くため柔らかいのが特徴。

関西では腹から開いて蒸さずに焼くため、脂の乗った香ばしさが特徴。

その分岐点は諸説あるようだが、一説によると、昔から関所で有名な静岡県の新居付近。別な説では愛知県の岡崎付近だという。

いずれにしても、こちらは関西風である。鰻の専門店では、お客の注文を受けて焼き始める店が多い。中には、お客の注文を受けてご飯を炊くこだわりの店もあるとか。

待つこと10分ほど。これがご対面した上鰻丼。環境省がこの2月、ニホンウナギを絶滅危惧種1Bに指定したご時世である。2350円也は仕方ないか。

味は当然美味しかったはずだが、残念ながら味覚障害につきその味を十分に堪能することはできなかった。それでも過去のイメージを膨らませて、鰻を食べたという満足感で店を後にした。

味覚が戻ったら、東京の老舗で関東風のうな重をゆっくり味わってみたい。まことに細やかだが目標がひとつ増えた。

　さて来週のランチは何を食べようか。

71. 食事でがんを治す

●2013年8月1日

すい臓がんで入院していた大学病院を退院したのは、去年の12月27日のことであった。同じ日に私と入れ替わるように、この病院に入院した60代の女性がいた。

その後の診断で私と同じすい臓がん末期であることが判明する。ステージはⅣA期。すでに手術はできない状態。しかし積極的に食事療法に取り組み、大変成果をあげているという。

　この女性の存在を教えてくれたのは共通の知人。そこで同じ病と闘っている者として情報交換をということになり、先日お話を聞いた。

それによると、食事の献立は「今あるガンが消えていく食事」などの著作で知られる済陽高穂《わたようたかほ》医師が院長を務める東京のクリニックから栄養指導を受けて、それを参考に1日1800キロカロリー前後で食事を作る。

主食は玄米である。パンは精製していない小麦粉で自分で作って焼く。牛肉、豚肉など四足動物の肉は食べない。鶏肉はササミ、胸肉に限って、魚は白身・青身の魚に限って食べる。しかし、飼料にも気を使って食材を選んでいるのはいうまでもない。

野菜は有機栽培のものに限定。その他の食材も、すべて完全に無農薬無化学のものに限定。

副食はキノコ、イモ類、豆類を中心に材料を吟味する。

調理にあたっては塩、みりん、醤油、砂糖、酒などは一切使用しない。

素材の味を生かせば、調味料なしでも十分美味しいものができることが分かったそうである。もちろん外食は止めた。

こうした食事療法に入院中から本格的に取り組んだ結果、3センチあった腫瘍はかなり縮小。今は輪郭がぼやけた状態で計測できなくなった。腫瘍マーカーの数値も大幅に

改善。超高濃度ビタミンＣの点滴で通っているクリニックの医師が、

「こんな人は初めて。奇跡だ」

と驚くほど症状が改善しているという。

また食事療法以外に標準治療としては、今年1月から抗がん剤のＴＳ－1を1日2回服用している。

女性は「体調は至って快調。早く抗がん剤は止めたいと思っています。食事療法で必ず治します。がんには負けません」と笑顔で話してくれた。


済陽医師の著作によると、食事療法のポイントは、大量の野菜や果物の摂取、動物性の脂肪・たんぱく質の制限、塩分制限、未精製の穀物の摂取だという。

例え進行性で晩期のがんでも、きめ細かい食事指導しながら丹念に治療すると60－70％は症状が改善。特に乳がんや前立腺がんでは効果が更に大きく、70－80％に及ぶという。

「余命数か月の末期がんと診断された患者が食事療法で回復し、みるみる元気になる姿を何度も見ている。いずれにしてもがんの食事療法は最初の半年から1年が勝負どころ」だと述べている。

食事療法の重要性は理解しているつもりである。しかし、長年の食生活を大幅に変えることは想像した以上に大変。あとは強い意志力があるかどうか。

味覚障害や野菜が苦手で挫折気味の食事療法だが、刺激を受けて再挑戦してみようか。そんな気になっている。

72. メロンとバナナ

●2013年8月3日

スイカとメロンの苗を、それぞれ二つ買ってきて庭に植えたのは、5月半ばのことであった。

本来なら「こんなに大きく育ちました」と得意気に報告するつもりだったが、思うようにいかないのは世の常である。

写真は唯一実をつけたメロン。肥料が足りなかったのか。スイカはまったくダメ。雄花がにぎやかに咲いたが、雌花がほとんど咲かなかった。いずれにしても果樹栽培の難

しさを再認識した次第。

さて子供の頃から野菜は苦手だったが、果物は好物だった。今は温室栽培が普及し、季節感がなくなってきたが春には、いちご。夏には、すいか・もも・なし・ぶどう。秋には、かき・くり・りんご。冬には、みかんをよく食べた。

いずれも日本人には馴染みの深い果物である。最近は海外から輸入される果物も増えたが、当時は輸入量も少なく高嶺の花であった。

とりわけ思い出があるのはバナナである。

親戚に外国航路の乗組員がいた。正確には覚えていないが昭和30年代初めの頃。久しぶりに下船して田舎に帰郷。バナナの手土産をたくさん抱えて我が家を訪ねてきたことがある。

当時バナナはとても高価。とても嬉しかった。卵も貴重品だったが、こちらのほうは病気になっても食べることができない憧れの果物だったからである。

冷蔵庫もない時代。少しでも寒いところに保存しようと思ったのか。暗い押入れに入れて、食べる時に取り出して食べた記憶がある。

バナナが日本に上陸したのは戦国時代だと言われている。歴史の表舞台にもたびたび登場するポルトガル宣教師フロイスが織田信長にバナナを献上した記録があるとか。しかし信長がバナナを本当に食べたかどうかは分からない。

昭和38年にバナナの輸入自由化が実施される。その後は値段も安くなり一般家庭でも気軽に食べられるようになった。

近年は朝のバナナダイエットが評判になったりした。安くて栄養価も高いと毎朝食べている人も多いことだろう。

8月7日はバナナの日。業界が制定した単なる語呂合わせの日で、特に意味はないそうだが、バナナは免疫力を高める効用もあるらしい。

たくさん食べて夏を乗り切ることにしたい。

73.〝風立ちぬ、いざ生きめやも〟

●2013年8月6日

今話題の映画「風立ちぬ」を見に行った。この映画は実在したゼロ戦の設計者・堀越二郎氏と同じ時代を生きた文学者・堀辰雄氏の二人の人生や性格が、ひとりの主人公「二郎」に集約され物語が展開している。

すでにご覧になった人も多いと思うので、詳しいストーリーなどは省略して、独断と偏見で感想だけを簡単に記したい。

映画の印象は一言で言えば「美しい映画」だった。

とにかくアニメの原画と動画が素晴らしい。実に丁寧に精密に描かれていて見惚れてしまう。さすがジブリ制作と唸らせた。絵を見るだけで入場料を支払った価値があると思った。

音楽も良かった。荒井由実の主題歌「ひこうき雲」は、この映画のために新たに作ったかのように感じてしまうほどピッタリの曲。映画をより爽やかなものにしていた。

しかし、内容的には期待していたほどの感動はなかった。

主人公と不治の病の菜穂子との出会いと別れは美しくも悲しい物語だが、これはよくあるストーリー。感受性の鈍った60歳を過ぎた男の涙腺が緩むレベルではなかった。

ゼロ戦の設計者である堀越二郎氏の描き方も中途半端だったように思う。

飛行機に憧れた少年が美しい飛行機を設計したいという夢を実現した物語。しかし、この飛行機が結果としてたくさんの命を奪うことになる戦闘機、特に戦争末期は還ることのない特攻機として多く使われただけに、堀越氏が終戦をどう受け止めたのか。そして戦後をどう生きたのか。映画はわざと避けたように描いていない。

堀越氏は戦後最初の国産航空機ＹＳ―11の設計に参加。会社を退職したあとは防衛大学、日本大学などで教授を勤めたあと、１９８２年に78歳で死去している。

今月１日の『東京新聞』は、堀越氏が終戦の８月15日に記した終戦日誌が自宅屋根裏で見つかったと報じた。

要約すれば「軍部と政治家が外交で平和的に打開せず武力で訴える短気を起こしたことが戦争の近因ではなかったか」と開戦に至った原因を分析。「そもそも先進欧米諸国のブロック経済主義が根本原因ではなかったか」とも記し、当時の日本が世界恐慌後の長い景気低迷と欧米の包囲網に苦しんだ状況にも言及している。

そのうえで「日本に破滅をもたらした政策を指導してきた者が全部去らなければ腐敗の種は残る。誠実にして叡智ある愛国の政治家出でよ。これが願いである」と結んでいる。


今の政治家に彼の願いは届くのであろうか。

「憲法はある日気づいたら、ワイマール憲法が変わって、ナチス憲法に変わっていたんですよ。誰も気づかないで変わった。あの手口学んだらどうかね」

信じられないような一国の副総理の発言。

誠実で叡智ある政治家は、いつの時代もきわめて稀のようだ。

今年もまもなく終戦の日が巡って来る。

74. 特報・継続は力なり

●2013年8月7日

日常的によく使用される名言「継続は力なり」。
これまでは何故か島崎藤村の言葉だと信じていた。しかし然《さ》に非ず。大正から昭和初期にかけて広島を中心に活動した宗教家・住岡夜晃氏の著書「讃嘆の詩」の中に出てくる言葉だと初めて知った。

青年よ強くなれ
牛のごとく、象のごとく、強くあれ
真に強いとは、一道を生きぬくことである
性格の弱さを悲しむなかれ
性格の強さ必ずしも誇るに足らず
念願は人格を決定す　継続は力なり
真の強さは正しい念願を貫くにある

怒って腕力をふるうがごときは弱者の至れるものである
悪友の誘惑によって堕落するがごときは弱者の標本である
青年よ強くなれ　大きくなれ

住岡氏の名前を聞くのは初めて。親鸞の教えを説くことに一生を捧げた人だったと解説にはある。本日の報告は、上記のような格調高いものではない。ただコツコツとやっていれば目標が叶うこともあるという自慢話。恐縮である。

実は昼に懇親会があり昔の仲間と久しぶりに再会。昼食を食べながらビールも少し飲んで近況を報告。そのあとカラオケに行き、遂に95点超えの目標を達成したのである。歌ったのは石原裕次郎の「二人の世界」、点数は97点。全国順位は81人中1位であった。同じすい臓がんの患者がカラオケで98点を出したという闘病記を読んでから、挑戦してみようと始めたカラオケ通い。最近は点数が伸び悩み、諦めかけていただけに嬉しい一日となった。

本日お付き合い頂いたO氏、N氏、K氏、H氏、ありがとうございました。

75. 夏の甲子園

●2013年8月10日

夏の風物詩・全国高校野球大会が8日から始まった。連日熱戦が続いている。球場に出かけるほどの強烈なファンではないが、毎年テレビで見るのを楽しみにしている。

甲子園で応援するチームは、これまでの人生で縁のあった県の代表チーム。転勤族だったこともあり、2年以上居住した県は数多い。

大阪府、島根県、高知県、東京都、神奈川県鳥取県、静岡県、愛知県、富山県、三重県の10都府県に及ぶ。

この中でも特に高校を卒業した高知県の代表チームに愛着を持っている。もう何年前か忘れたが母校の県立高校が、春夏通じて初めて出場したことがあった。高知は野球に大変熱心な地域。甲子園で優勝・準優勝したこともある伝統校も多い。そんな中で出場できるとは、とても思わなかったので驚いた。

更に驚いたのは甲子園での健闘ぶり。1回戦は過去に2度全国制覇した兵庫県の強豪高校。大差で負けるのではと懸念していたが2―1で勝利。2回戦はこれも準優勝したことのある山口県の強豪。このチームにも4―1で快勝し、ベスト8に進出した。

さすがに準決勝では熊本県の古豪に3―5で惜敗。在学していた当時は地方予選でもほとんどが1回戦負け。そんな記憶があっただけに、よくやったと感心し後輩たちに拍手をおくった。


高校野球の魅力は郷土の代表が出場し、力いっぱいのプレーを見せることに尽きる。しかし、最近では全国的に野球留学の選手を集めたチームが増えた。野球レベルの地域間格差は縮小したが、郷土色が年々薄れていくようでとても残念である。

高校野球はその人気ゆえに、他にも数々の問題点が指摘されてきた。

もはや教育の一環というレベルではない。あまりに商業主義的である。他の部活動に比べて特別待遇されすぎている等。課題は山積しているが、国民的スポーツイベントとして定着しているだけに、改革もなかなか進まないようだ。

例えば人口や学校数が違いすぎるのに東京・北海道を除いて出場枠は同じ1校。一票の格差是正ではないが、大阪・神奈川・愛知などは出場枠を2校にしても良いではないか。

勝利至上主義がもたらすエースの連投。春の選抜では決勝戦が17―1という大差になったのは明らかにエースの酷使だった。アメリカ大リーグを参考にした球数制限も導入してはどうだろうか。

今年で95回目を迎えた夏の全国高校野球大会。時代に即した変化が求められているようにも思う。

76. 終戦の日に思う

●2013年8月15日

1948年生まれだから戦争は知らない。戦後の混乱がまだ残っている時代の雰囲気を、貧しさの中に微かに覚えているだけである。

今は亡き父からもっと戦争の話を聴いておけば良かったと思う。生きていれば93歳である。分かっているのは太平洋戦争が始まった比較的早い段階から召集されて中国大陸各地を転戦したこと。陸軍砲兵であったこと。戦争末期は南方へ転出する部隊が多い中で、所属する部隊は大陸に留まり、中国で終戦の日を迎えたこと。その後マラリアで入院したためシベリア抑留を免れて帰国できたこと。酔っぱらうと軍歌を、特に「歩兵の本領」をよく唄っていたことなどが思い出される。

万朶《ばんだ》の桜か襟の色
花の吉野に嵐吹く
大和男子と生まれなば
散兵戦の花と散れ

職業軍人と違って1銭5厘の赤紙1枚で召集された人間である。戦争の被害者だったとも言えるが、対外的には加害者であったことは免れない。

加害者としての詳しい話は、息子としては聴きづらく、父としても話しづらいだろう。そう思っているうちに歳月が流れてしまった。それが良かったのか、悪かったのか。

父は戦後引き揚げてきて結婚した。どこかで歯車がひとつ狂っていれば、生き残って帰国することはなかっただろう。そうなれば私が誕生することもなかったし、2人の孫も産まれることはなかった。

まさに人間の運命とは奇跡の連続である。


これまでの65年の人生。幸いなことに戦争を体験することはなかった。高度経済成長時代の波に乗って、繁栄の時代の中で生きてきた。数多くの犠牲の上に立った幸せであることを忘れてはならないと思う。

朝鮮戦争やベトナム戦争にも直接戦禍に巻き込まれることなく、平和な時代を長く享受できたのは、やはり憲法のおかげだろう。

最近では憲法改正に加えて集団的自衛権の巡る動きも活発だ。歴代内閣が堅持してきた集団的自衛権の行使は憲法上認められないという解釈を変更しようという動きである。

そのために内閣法制局長官も交代させたとか。時の政権の都合の良いように憲法解釈ができるなら、まさしく法治国家の危機である。


68回目の終戦の日。310万人と言われている戦没者は、今の日本をどう見ているのだろうか。

77.「残暑お見舞い申し上げます」●2013年8月16日

全国的に猛暑が続く。体調管理がなかなか難しい。まして抗がん剤の副作用で白血球や血小板など免疫力が低下している身である。気をつけていたつもりだったが、とうとうダウンしてしまった。

熱が出たのは月曜日。抗がん剤の点滴前に体温を測ると、37度2分の微熱があった。でもこれくらいなら問題なしということで、いつものように抗がん剤を点滴し帰宅した。翌日火曜日の午前中は平熱。しかし居間でエアコンをつけたまま昼寝をしたのが悪かった。夕方に寒気を感じて目がさめた。体温を測ったら38度9分。これまでなら風邪薬を飲んで様子を見るところだが、感染症に要注意のがん患者である。特に怖いのは死亡率が高い間質性肺炎。もう夜だったが、近くの病院に出かけ、解熱鎮痛薬をもらって帰ってきた。

水・木曜日の午前中は薬の効果もあって平熱。しかし午後になると、やっぱり熱が出て38度5分前後まで上昇。薬で平熱に戻す繰り返しであった。

ようやく本日になって回復基調。久しぶりに朝シャワーを浴びて息を吹き返した。そのようなことで、この5日間は寝たり起きたり。食欲もなく食事は御粥と梅干しだったので一層スリムとなった。外出もしなかったので筋肉もまた減少。足腰の衰えが気になるところである。

これから少しずつリハビリに努めて、来週からは通常の生活に戻りたいと思っている。いずれにしても食欲の回復が待ち遠しい。

それにしても夏風邪はなかなか完治しない。

皆様もエアコンをつけての昼寝にはご用心を。立秋を過ぎたとはいえ、今年の夏はまだ厳しい暑さが続きそう。ご自愛ください。

78. 世界に1枚だけのCD

●2013年8月20日

カラオケに熱心に通って高得点に挑戦していることは度々報告してきた。本日は「世界に1枚だけ・オリジナルCD」を制作した話である。

いつも通っているカラオケ店の室内で「あなただけのCDを作りませんか」という広告を見たのは随分前だった。面白そうだと思ったがメカには強くない。従業員にやり方を聞くのも面倒である。そんなことでなかなか実現までは至らなかった。

しかし8月7日のブログで報告したように、初めて97点という高得点が出たこと。私よりメカに強そうな理系の長男が同行しても良いというので、何でも人生の記念品になればと、軽い気持ちで挑戦してみることにした。

作り方は思ったより簡単だった。受付で630円を出して収録用のCDを購入。カラオケルームに入って収録機にセットすれば半ばできたようなものである。ただCDには3曲しか入らない。しかも1回しか収録できない。従って余程自信あれば兎も角、まず得意な歌を事前にたくさん（30曲以内）唄って録音していくことが大切。その中からう

まく唄えた3曲をCDに書き込むのが経済的に賢明である。

こうして世界に1枚だけのCDが出来上がった。吹き込んだ歌は、渡哲也「くちなしの花」、舟木一夫「高校3年生」、若山彰「喜びも悲しみも幾年月」の3曲である。

その夜に家族全員でCDを聴いた。しかし「音程が外れている箇所がある」「曲の終わりのビブラートが今ひとつ」など辛口な評価。唄った本人も聴いてみて少しガッカリした。とにかく一本調子でメリハリ不足。感情移入も足りない感じがした。プロがいかに上手か再認識した次第である。

これでは人生の記念品にならない。理想を言えば、まだ地球上に存在しないが孫が将来CDを聴いて、「おじいちゃんは歌手だったの？」と言われるレベルものは残したい。

もちろん再挑戦してみるつもりである。

79. ひねもすゴロリゴロリかな

●2013年8月22日

夜中に目が覚める。この暑さである。喉が渇きお茶を飲んではトイレに行く。何度も同じことを繰り返す。歳をとったせいだろうか。病気のせいだろうか。夜明けはなかなかやって来ない。

朝までぐっすり。目が覚めない。それは若者の特権というものだろうか。最近は昼寝もしているので目が冴えて、ふたたび眠りにつくことができない時もある。

そんな時はこっそりベッドから抜け出す。1階の居間に降りてテレビのスイッチを入れる。本日は退屈しなかった。BS1はメジャーリーグの生中継。マリナーズの岩隈投手が投げていた。相変わらずの粘り強い投球で12勝目。あまり強い球団ではないだけに立派なものである。

続いて午前8時からはヤンキース・イチローの出番。第1打席で待望の4000本安打が飛び出した。テレビはどのチャンネルもトップニュース。新聞の号外も発行された。少し大げさに言えば日本中が喜びに包まれた。

そして正午からは高校野球決勝戦が始まった。

今年の大会は大変面白かった。有力校が次々に敗退。どこが優勝するか分からない。好ゲームが例年より多かったように思う。今回も優勝旗は白河の関を越えることができなかった。しかしもう時間の問題だろう。そんな予感が十分する東北各県チームの健闘ぶりだった。

いつもはあまり見ない午後のワイドショー。突然の藤圭子さんの訃報には驚いた。まだ62歳の若さ。病気で苦しんでいる人がいるのに……。これからの人生だったのに……。

どう咲きゃいいのさ　この私

「圭子の夢は夜ひらく」人生の終わり方は実に様々である。

というようなわけで、本日は早朝からテレビの前で一日中暮らした。

夏バテか。食欲不振で体調も今ひとつ。最近は暑いので外出も避けている。

貴重な時間が何となく無為に過ぎていく。

80. 薬と栄養補助食品

●2013年8月26日

がん患者になってから、あまりお付き合いしたくないものと友達になった。
ひとつが大量の薬である。
余命を延ばすために自ら選んだ道なので、嘆いても仕方がないのだが……。

毎日飲んでいる薬は
▽十全大補湯（漢方・体力増強、疲労回復、貧血対応）
▽牛車腎気丸（漢方・しびれ、むくみ、かすみ目）
▽ナウゼリン（錠剤・胃腸薬、吐き気止め）
これらの薬は食事前に1日3回服用。
▽パンビタン（粉末・ビタミン不足補う）と
▽カイジ顆粒（健康食品）
これらは食後に1日2回服用。

その他に頓服として

▽ロキソニン（錠剤・解熱鎮痛、炎症を抑える）

これは痛み止め。不定期だが2日に1回程度服用している。

この中で一番苦手なのはカイジ顆粒。キノコの一種なのだが匂いが他の薬に比べて強い。したがってコーヒー・紅茶・トウモロコシ茶や緑茶などと合わせて飲んでいる。

日本では健康食品として認可されているが、中国では臨床例も多く抗がん剤として使用されているとか。効果のほどは正直言って分からないが、もうしばらく飲んでみようと思っている。

もうひとつが栄養補助食品である。

抗がん剤の副作用による味覚障害。何を食べても不味い。食欲不振に悩んでいると担当医に訴えたところ、処方してくれたのがエンシュアである。

本来は手術後などで普通の食事が摂れなくなった患者に提供されるもの。1缶250mLで食事1回分の栄養があるという。

今年3月胃がんで亡くなった義母も、終末期はこの栄養補助食品で命をつないだ。

バニラ味・コーヒー味・バナナ味の3種類がある。このうちコーヒー味とバナナ味を飲んでみたが、甘すぎて美味しくない。やはり普通の食事が一番である。

この栄養食品に頼らないよう一日でも早く味覚障害を克服して、食欲不振から抜け出したいものである。

81. じぇじぇ！また熱が出た

●2013年8月30日

長かった猛暑もようやく終わりか。朝晩は随分と過ごしやすくなってきた。

しかし困ったことに体調はよろしくない。今週も発熱や吐き気などに悩まされ寝たり起きたりの状態が続いている。

まず発熱。先々週に37—38度台の熱が4日間ほど続いた。先週は平熱に戻ったが、今週に入ってからまた同じような症状。最初は夏風邪かとも思ったが咳などはない。これは抗がん剤の副作用かも。

免疫力が低下し感染症が心配な身である。今週も引き続き外出を控えている。

食欲不振は深刻なレベルになってきた。味覚障害は相変わらず。何を食べても不味い。それに加えて吐き気もひどくなってきた。

これまではあまり気にならないレベルだったが、食べ物の匂いを嗅ぐとムカムカしてくる。ナウゼリンという吐き気止めがあまり効かなくなってきた感じもする。

とにかく食欲がないので、あらゆる果物と先日処方してもらった栄養補助食品が頼りという有様である。


痛みも少し出てきた。みぞおち付近が痛い。こちらは痛み止めのロキソニンが頼り。以前は3日に1日くらいお世話になっていたが、最近は毎日のように服用している。

過去2回のCT検査では縮小していた病変が再び大きくなり、神経に触るようになってきているのだろうか。

抗がん剤治療が始まって8か月が経過した。これまでは味覚障害以外にはあまり副作用が出ていないと喜んでいたが、最近は体のあちこちに赤信号が点滅。抗がん剤の副作用が一挙に押し寄せてきた。そんな感じがしている。末期患者らしくなってきたということか。

まず食欲を回復しなければ衰弱していくばかりである。

そのために抗がん剤投与はしばらくの間は休みにして、体力回復と味覚障害の克服に努めたい。来週担当医に相談してみるつもりである。

▼**コメント**

山田勝久＾＾体調が悪そうだね。特に昨日から猛暑がぶり返しているからね。でもだんだん涼しくなってくるからそれに合わせて体調も戻るのではないですか。少しでも食べて体調維持に努めてね。自分は予定通り14日に移動するからあなたの体調が良ければ名古屋で会おう。がんばれ。

＞＞ありがとうございます。また連絡させてもらいます。

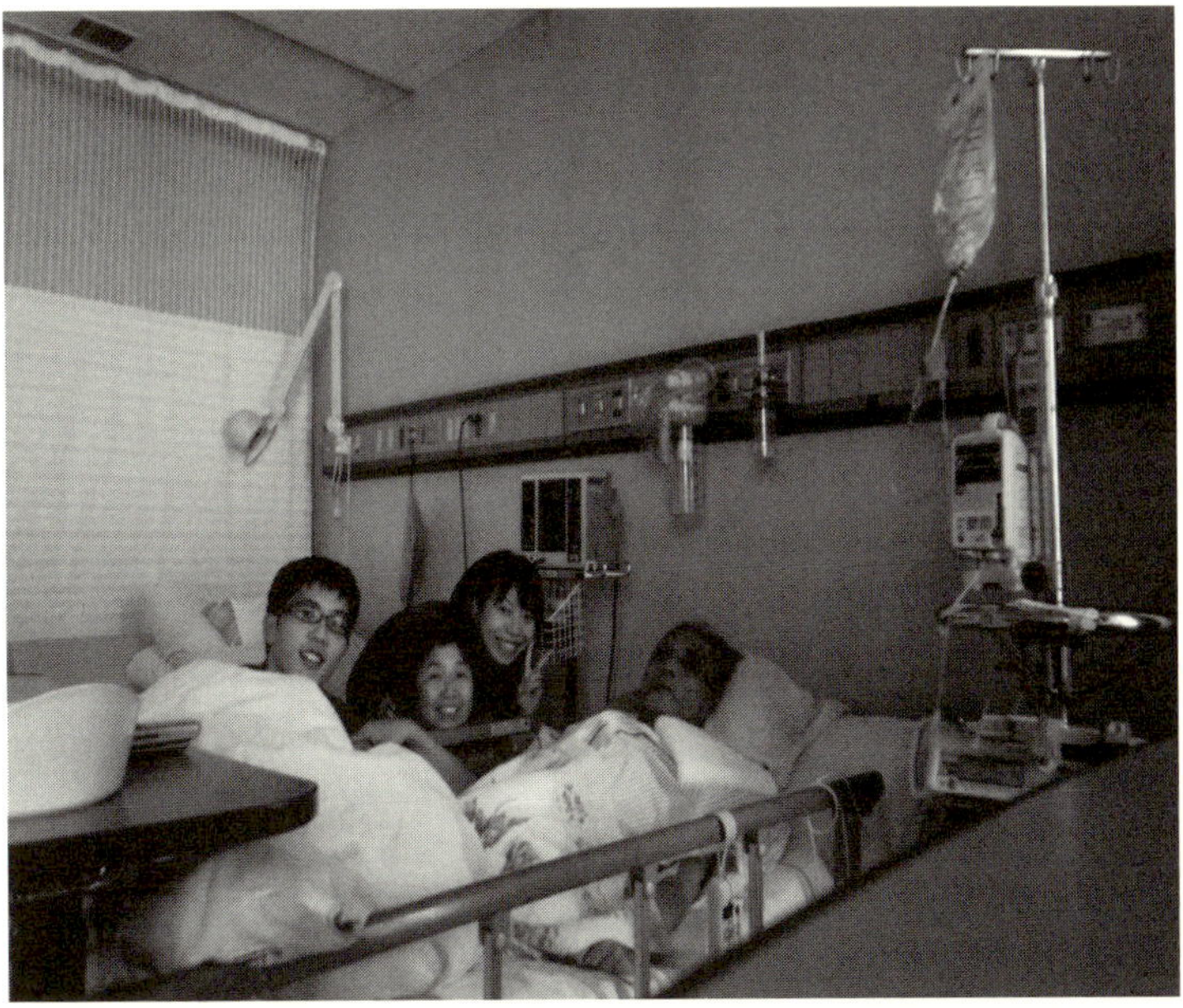

第４章

秋

（2013年９月－11月）

82. 肺炎？3回目の入院

●2013年9月3日

いま大学病院のベッドの上にいる。今月1日に入院した。発熱、吐き気、みぞおち付近の激しい痛み。日曜日だったが、我慢できず大学病院で受診したところ検査入院となった。月曜日からは絶食でCT・レントゲン・血液・尿検査。初めての輸血や点滴で少し元気も回復。入院2日目で吐き気とみぞおち付近の痛みはなぜか治まってきた。

しかし熱は解熱剤も使用してもなかなか平熱に戻らない。これまでは夜は熱が出ても朝になると自然に下がっていたのに今朝も38度近くある。

これまでの検査ではCTの画像で肺の左右に影があることが分かった。今のところ感染症の肺炎ではないかという診断である。しかし、それにしては肺炎特有の呼吸障害や痰や咳などの症状がない。これから症状が遅れて出てくるのだろうか。

抗がん剤の副作用で感染症は心配していた。そのうえ最近の極端な食欲不振。免疫力は相当低下していたはずである。仮に肺炎だとしてこれから病原菌を特定し、抗生物質による治療が始まることになる。

肺炎は死因の3位。特に高齢者にとっては油断できない病気である。肺炎で死亡する人の92％は65歳以上の高齢者だという。がん患者が肺炎の合併症などで死亡するケースも多いそうだ。

いずれにしても今回の病気で抗がん剤の投与はしばらくの間できなくなった。結果として希望通りということになるが、それが良かったかどうか。神のみぞ知るである。退院は今月14日頃の予定。

▼コメント

あきる―＾＾お久し振りです。ブログは拝見していましたが、猛暑のせいかコメントを書く元気がありませんでした。吐き気と痛みがおさまってきたのは良かったですね。私は薬剤性の間質性肺炎を10回も繰り返していますが、症状が熱だけということもあります。感染症の肺炎とは違いますが、病気の出方は人それぞれですし、時によって変わります。抗生剤で熱が下がることを願っています。

＞＞あきる様　お久しぶりです。おかげさまで平熱に戻りました。しかし食事はまだ高栄養流動食です。感染性か薬剤性かもまだ不明。退院予定も伸びそうでがっかりです。

83．抗がん剤は効かなくなりました

●2013年9月7日

今回の入院でCTをはじめとして各種の検査を受けた。その結果、入院の直接原因となった病状だけでなく、すい臓がんのその後についても新たにいろいろ分かった。それは大変厳しい現実だった。

がんとうまく共存できないいか。

末期がんで余命わずかと言われた人でも何年も生きた人がいる。

人間の余命なんて誰にもわからない。

最近はなんとなく楽観的だっただけに、ショックを受けたのは確かである。

担当医の説明は概略次のようなものであった。

「CT検査の画像を見ると、すい臓の病変が十二指腸にかなり浸潤してきている。また抗がん剤の効果でこれまでは縮小してきた病変も再び大きくなってきた。これは現在の抗がん剤ジェムザールが耐性で効かなくなったことを示している。これ以上やっても無駄なのでジェムザールによる抗がん剤治療は終了とする。

次の抗がん剤のTS1に切り替えるのが一般的だが、抗がん剤が毒物であることを考慮すると、現在の健康状態では使用できるかどうか分からない。

厳しいことを言うようだが、そろそろ緩和ケアとかホスピスのことも考えてみてはどうか。どこも順番待ちの状態なので探すのなら早いほうが良い」

担当医からはこのような説明を受けた。

もしTS1による抗がん剤治療ができなければ、病院としてはもう打つ手がありませんということである。

今後どうするかは退院時に相談して決めることにしたが、さてどうしたものか。

多くの末期患者がそうであるように、次の一手を代替治療・民間療法に求めてがん難民の道を辿るのか。

それとも何もしないのか。

相撲で言えば一気に土俵際。俵に足がかかった心境である。

▼コメント

清瀬薫＾＾近藤さんのブログを大勢の人が読んでいます。毎日がつらく不安なことと思います。でも多くの人が近藤さんのことを見守っていますよ。

＞＞清瀬様　ありがとうございます。毎日が未体験ゾーン。漂流している気分です。絶食が続き空腹ですが気力はあるのでまだ大丈夫です。

ツボイ＾＾父と同じ病気です。毎日ブログを見ています。手術の成功を心から祈っております。

＞＞ツボイ様　ありがとうございます。頑張ります。後悔しないよう親孝行してください。

きらきらひかる＾＾以前から読ませていただいています。コメントをするべきかずっと悩んでいました。時に勇気づけることもあれば不安を増やしてしまうだけかもしれないと思っています。父が同じ病気です。54歳。私26歳、娘です。病気が分かったのが今年の2月末。抗がん剤は副作用や効き目がなく最初の2ヶ月だけでした。緩和ケアでがんばっています。何とも言えませんが少しでも穏やかな日々を願っています。

＞＞きらきらひかる様　お父さんまだ若いのに言葉もありません。家族の支えが生きる寄りどころです。大変ですが親孝行してください。後悔しないように。

84．胃・小腸バイパス手術へ

●2013年9月12日

これまでの人生幸いなことに開腹手術はしたことがなかった。それがとうとう逃れられないことになった。CT検査の結果、腫瘍が十二指腸に浸潤してきていることはすでに報告した。その結果十二指腸が圧迫され食べ物の通り道が極端に狭くなってきているのが判明した。十二指腸狭窄である。

十二指腸がふさがってしまっては食事を取ることができない。また例え食べなくても胃液は分泌され胃にたまっていく。その量は1日1500―2000cc。十二指腸の下のほうが閉塞して膵液や胆汁が加わると、合わせて5000ccにも達することもあるという。患者は1日中吐き続けやがて脱水症状になると解説書にはある。

今回の手術は全身麻酔で開腹して胃と小腸をつなぐもの。すい臓がんでは一般的によく行なわれている手術で所要時間は2時間程度とか。

もっとも、この手術が成功したからといって、これまでのように食事ができるかどうかは個人差もあり保証の限りではないらしい。しかし胃が張っている患者としては「お願いします」という以外に方法はないではないか。9日から水さえ飲めない絶食が始まった。いつかは実施することになるだろうと思っていたバイパス手術である。不安はもちろんあるが体力のあるうちにやれることを是としたい。

手術は本日（12日）午後からです。手術が順調に終ったとして退院できるのは2―3週間後だそうである。再びブログで報告できるよう手術の成功を祈るだけである。
なお肺炎のほうは完治。診断は誤えん性肺炎であった。

▼**コメント**

はる^^成功をお祈りいたします！
>>はる様　手術は無事成功しました。ありがとうございます。
トモ^^手術の成功、術後の順調な回復を願っております。みんなが応援しています！母も同じ病名、同じ余命宣告、同じ病状、施術を致しました。本人にしか分からない辛さ、痛みだと思いますが、心よりご回復を祈っております。また軽快なテンポの洒落たブログを拝見したいです！
ちーちゃん^^手術成功おめでとうございます！　初コメですが応援してます！
はる^^手術成功おめでとうございます！　父も喜んでおります！
>>トモ様　手術後のほうが大変な感じです。お母様と御縁ですね。まだ退院までの道のりは遠いですが頑張ります。応援ありがとうございます。
>>ちーちゃん様　応援ありがとうございます。まだいろいろ大変ですが頑張ります。健康にまさる幸せはありません。ご自愛ください。
ななみ^^手術無事に成功して本当に良かったです。ブログしばらく書きませんでしたが、いつも拝読し元気づけられております。リハビリくれぐれもご無理をなさらないでくださいね！

>>ななみ様　コメントありがとうございます。入院して動かないとあっという間に減るのが筋力だそうです。無理ないレベルでリハビリに取り組んで行きます。

85. 初めての手術

●2013年9月17日

手術の当日は朝から結構忙しかった。緊急ということで、当日の予定にかなり無理して追加してもらっただけに開始時間は未定。多分夕方ごろになると思いますが、いつでも手術室に行けるよう準備しておいてくださいという指示であった。

午前中まずはシャワーを浴びてサッパリ。手術着に着替えて呼び出しを待つ。

リスクはほとんどありません。簡単な手術です。

と言われても手術は手術である。血圧も上昇気味。やはり緊張するものである。今更逃げ出すわけにも行かないが、内心はハラハラドキドキであった。

午後4時呼び出しがかかった。手術室に歩いて向う。手術室前で見送りの家族と別れる。

手術室の前には執刀する医師・麻酔医・看護師などが集合。それではという掛け声で手術室の中に入った。

狭いベッドに横たわり天井を眺める。手術室の照明が目に入ると、最悪のケースもつい考えてしまった。各医療スタッフの声がきびきびとして伝わってくる。プロの集団という感じ。これなら大丈夫かと思ったりしているうちに……、全身麻酔のおかげで記憶があるのはそこまでである。

気がついたのは約2時間後。「終わりましたよ」という声で我に返った。

麻酔の量をどう調整しているか分からないが、手術が終るとほぼ同じくらいに覚醒するようになっているようだ。手術が終わって病室に戻ってきたのは午後6時ごろ。結局上腹部の10センチほどを切って胃と小腸をつないだ。

その夜は寝返りもできない。ただ痛みに耐えて朝が来るのを待った。

手術が成功したからといって肝心なのは術後である。つないだ胃と小腸がうまく消化機能を果たしてくれなければ意味がない。腸は手術後しばらく完全に機能停止状態である。医師からは腸が活動を始めた合図ともなる「おなら」がありましたかと術後何度も聞かれた。

患者も医師もひたすら「おなら」を待つことになる。術後3日経った頃、これまで完全沈黙だった腸がゴロゴロとなりだした。そして待望の「おなら」も出た。超音波検査などをして水などが順調に流れているのが確認されれば、重湯からおかゆそして普通の食事となっていく。

今月1日入院して以来、本日で17日間水とお茶だけである。点滴だけで命をつないできた。体力は相当衰弱している。体重も5キロ減少。病気前と比較すると10キロ減である。免疫力の低下で細菌感染も心配。昨夜も突然39度1分まで熱が出て慌てた。黄疸や下血の症状も少し出てきたようである。

まだまだ退院への道のりは遠いようにも感じている。

▼コメント

トモ＾＾手術 お疲れ様でした。そうです、肝心なのは術後なんです。術後のヒドイ痛みによくたえられましたね、本当によく頑張っておられますね。母も同じバイパス手術後、頑張った甲斐あり、美味しく食事ができるようになりましたよ!だから大丈夫です! 食べることは生きること、食べれることは幸せですね。母に人生の基本的なことを身をもって教えてもらいました。生き抜いて下さい!!
＞＞トモ様　失ってみて価値を知ることはよくあること。美味しく食事が出来る幸せ。何ものにも代え難いと実感しています。現代人はあまりにも多くの幸せを求め過ぎて不幸になっているような気もします。

86. 辛い決断

●2013年9月21日

思わぬ長期間の入院となった。

毎日の採血とレントゲン、その他ＣＴと検査の日々が続き、体力的にも精神的にも結構きつい。一日でも早く退院したいが、次々に問題が発生し、すい臓がんの治療どころではないというのが現状である。

初めは肺炎の疑いであった。これは入院３日後くらいに誤えん性肺炎ということで熱も下がり決着をした。

次に問題となったのが十二指腸狭窄。腫瘍に圧迫され十二指腸が閉塞状態となり食べ物が通らない。これでは食事ができなくなるので、胃と小腸をつなぐバイパス手術した。今は傷口もかなり塞がり動いてもあまり痛みは感じなくなった。肝心の消化機能の回復も順調で間もなく食事は再開できる見込みである。

辛い決断を迫られたのは黄疸だった。

見た目ではあまり症状が感じられないのだが、血液検査の総ビリルビンの数値を見ると上限が1・2であるのに対し8・3ときわめて高い。放置すると胆肝炎や肝硬変につながり、重篤になりやすいと説明された。

黄疸はすい臓がんではよく見られる症状。今年6月には胆汁の流れをよくする為に胆管にステントを入れた経緯がある。その際に担当医からは「ステントは将来詰まる可能性が高い。その場合は入れ替えをしなければ」と言われていた。

そこで今回入れ替えることになったのだが、十二指腸狭窄で内視鏡が入らず入れ替えは困難という結論が出た。次の選択肢として選ばれたのが、経皮経肝胆管ドナレージと呼ばれる手術である。

この手術は腹などに小さな穴を開け、肝臓の胆管にチューブを入れ、胆汁を体外に排出するもの。患者は排出された胆汁をためておくバッグを常に携帯しておく必要がある。日常生活を考えると避けたい方法ではあるが、医師からベストの選択と言われると仕方ない。結局19日午後から手術を受けた。幸いこちらの方も回復は順調である。胆汁は体外のバッグに排出され黄疸も改善しつつある。

末期患者がこの程度のことで弱音を吐いてはと思うのだけど、生き抜くことはなかなか難事業であると痛感した。

自宅で療養しながら、たまには外でビールでも飲んで名残を惜しむ。

そんな日々はもう還って来ないだろうか。

87. 吐血と下血　●2013年9月23日

本日9月23日（月）午前2時頃、大量の吐血と下血があった。

下血については、かなり前から少量みられたが吐血ははじめてなので、非常にびっくりした。

急遽、応急処置として輸血が行われた。担当医師の説明によると、

「この出血は十二指腸潰瘍付近からの出血とみられるが特定はできない。出血を止める方法はいくつかあるが、現在の健康状態からして手術は行うことはできない。また、出血場所を確定することも極めて困難である。

したがって、現在の出血を止める確かな方法がないのが現状である。しばらくは止血剤を点滴投与し、様子を見守るしかない。」

上記のような説明であった。

つまり、吐血と下血があるたびに輸血をするという対症療法しか残されていないということであった。

今後の展開は止血剤で出血が止まることを期待するのみである。

明日のことは分からないが、最後の奇跡を信じてみようと思う。

なお、せっかくコメントをいただいても返信は出来かねる状態なのでご容赦ください。

▼コメント

セザンヌ＾＾ただただお祈りしております。

よう＾＾奇跡は起きます！何度でも！これからも！　きっときっと止血剤がきくはずと信じて、心から回復を願っています！　どうか無理はなさらずに…。

88. 生かされしもの

●2013年9月25日

吐血と下血があった夜は、いよいよ最後の時が来たのかなと半ば覚悟した。幸いその後は吐血はなく、いまは小康状態である。しかし、動くと出血の恐れがあるため活動範囲はベッド上だけ。

命の危機はとりあえず回避されたものの、さてこれからどうなるか。患者にも医師にも分からない領域に近づいて来たようだ。

今回の入院では肺炎、十二指腸狭窄、黄疸と次々問題がおきた。

そのたびに手術などで対応しクリアしてきた。

しかし、もう少しで食事が再開出来る寸前になっての吐血はショックであった。

もう残された時間は本人が思っているより少ないかも知れない。


家族それぞれに書き残した手紙─贈る言葉─もまだパソコンの中である。

急いで手書きで清書しておかねばならない。

ブログの最終回も早めに準備しておいたほうが良いかも知れない。

宇宙の創造主よ。それぐらいの時間は与えて下さい。そんなことを考えた。

残された希望はいまの出血が止血剤などで収まることである。そうなれば病院での食事が始まり問題なければ退院も出来るだろう。

自宅に戻ってせめて1か月くらい穏やかな日々を過ごしたいものだ。

▼コメント
あきば ^^どうかどうか食事ができて退院できますように。こんな状況下でも理路整然とした

ブログ記事を書ける貴方様の精神力を、心から尊敬いたします。きっと文章同様、真っ直ぐに人生を歩んでこられたのでしょう。私も かくありたいと思います。どうか苦しみが訪れませんように。

パンジー^^緩和ケアで働く看護師です。すい臓がんのことで調べていてここにたどり着きました。身体も精神もどれだけ辛いか想像いたします。その中で状態を冷静に受け止めブログを発信し続けていること、とても感動いたしました。多くの患者様が医師の説明をどのような気持ちで受け止め、どのような選択をしているのか、改めて考えさせられ、今後の仕事に活かして行かなければと思いました。握手をしてありがとうと言いたい気持ちです。がんばって。心から応援しています。

パンジー^^すみません、追加で。6月23日の旅の写真、素敵ですね。

かなえ^^どうかどうか頑張って下さい！早く食べれますように！

さすけ^^80歳の父が今まさにすい臓がんと闘っています。すい臓尾部ガンで既に脾臓、胃、腹膜播種転移あり。経鼻胃管にて食事は取れません。強い吐き気との闘いで毎日何も出来ずやせ細っていくばかりです。でも…そんな父がいつも家に帰ることを考えて、帰ったらあれをするこれをすると話してくれます。手当て…と言ってお腹に手を当ててさすってあげると喜び80歳にして一つ利口になったと笑ってくれます。前向きに生きる姿は私たちのヒーローです。がんばって！！応援しています。

瀬戸武^^ずーとブログ拝見しています。先が見えない闘病生活ですがよく頑張っていますね。

でも、貴方の気持ちはきっと皆さんに伝わっていますよ。ご自宅でゆっくりとした時間を過ごすことができるよう祈っています。
山田勝久^^がんばれ、がんばれ。それしか声をかけられない。

89. 順調に回復

●2013年9月26日

どうやら当面の危機は乗り越えたようである。

体温、血圧、脈拍も大変安定してきた。本日から輸血もなくなった。点滴も半分の量になった。心電図の計測装置や尿管など体に巻きついていた管も徐々に取り払われて、行動の制限も大幅に改善した。

担当医師の説明によると吐血下血とも収まってきて安定した状態。

ヘモグロビンの数値が改善し貧血もなくなった。スープやヨーグルトなどの摂取はＯＫ。

これから食事再開に向けて順調に回復して行くだろうと有り難い言葉もいただいた。退院もそう遠くない時期に。朗報に心が弾んだ。
それなりに準備してきたが、これまで闘病生活が割合順調だっただけにエンディングノートなど懸案事項も一部残っている。どうか1か月程度は思い残すことがないような平穏な日々を与えていただきたい。

誠に勝手ながら八百万の神にお願いした。
今回の入院では励ましのコメントをたくさんいただいた。ひとりではない。孤独ではないということは生きる力になるものである。本当にありがとうございました。

▼コメント

トモ∧∧良かったです！本当に良かったです！　どんなコメントをすれば良いか分からなかったので、ただただ朗報を待っていました。私だけではなく他にも私の様な読者がたくさんいると思います。皆が応援しています。当分ご無理をなさらず、ゆっくりゆっくり食事を摂りつつ回復していってください！

よう∧∧良かったです！本当に本当に良かったです！嬉しくて涙が溢れました。いつも前向きで力強いブログに、たくさんの方が勇気をわけていただいていると思います。心から、尊敬しています。これからもずっと応援しています!!

m&m^^心のど真ん中でお祈りしていただけに、これ程嬉しい朗報はありません。順調に回復され流動食も摂取可能とのこと…本当に本当に良かったです!! 私だけではなくこのブログから生きる勇気や希望を頂いている、大勢の読者の皆さんが、心から応援している事と思います。どうぞご家族の皆さんと安心して穏やかに過ごす日々がたくさん訪れますようにお祈り致しております。

ひつじ^^ときどき勝手な茶々を入れてるひつじです。実はわたしも〝明日は我が身〟の身の上ですが、みなさんの書き込みに、ああ人生、こういう出会い方もあるのだと、とても感動しています。

ぼちぼちやりま!^^オープンからの読者です。明日は我が身の団塊世代。先輩の絵の色づかいが素敵で、気に入ってます。八百万の神は、信ずる人にスゴイご利益を与えてくださいますよ。

山田勝久^^回復傾向とのコメント、うれしいことです。治療も辛いのでしょうが、食事を摂れることを楽しみにがんばろう。

90. 入院病棟24時

●2013年9月30日

入院病棟の消灯時間は午後10時である。個室なので他の患者に対する気兼ねはないが管理上の問題もある。時間になると照明を落とし寝るようにしている。

深夜13階の病室に聞こえるのは救急車のサイレンの音くらい。静粛な時間が流れる。看護師の巡回は夜中に3回程度。患者に異常がないか。こっそり病室に入って確認していく。

ほとんど徹夜に近い激務だがどの看護師も笑顔を絶やさない。朝も7時すぎには巡回開始。検温・血圧・点滴入れ替えと忙しい。

医師の激務は看護師以上である。入院時から日常的にお世話になっているのは主治医と担当医の2人。いずれも外来の診察時間が始まる前の8時過ぎには病室を覗いて病状に変化がないかどうか診てくれる。

宿直勤務明けでも休みというわけではないらしい。土曜日・日曜日でも患者が気にかかれば病院に駆けつける。精神的にも肉体的にも相当タフでないと勤まらないだろう。入院するたびに感心している次第である。

朝食は8時過ぎから。病院食だからどうしても塩分控えめ。値段も1食あたりの単価は安いのでメニューにも限界があるが、患者にとって嬉しいのはメニューが昼食と夕食は選択できることである。

普通食・学童食・全粥食・軟飯食・高齢者食と年齢や病状に合った食事を用意してくれるのもありがたい配慮だ。病院食は美味しくないという定説もそのうち変わっていくのではないか。そう思った。

朝食が終ったころに、本日のシャワーの希望時間が聞かれる。病状でシャワーを利用できない患者には熱いタオルが配られる。背中などは看護師が拭いてくれる。誠に恐縮であるが快適。生き返った気分になる。病院もサービス産業かと誤解するほどの変貌ぶり。最近では患者を○○様と呼ぶ民間病院もあるとか。患者本位は嬉しいが、やはり程度問題のような気もした。

正午過ぎからの昼食、午後6時過ぎからの夕食まではどちらかというとフリータイムだ。点滴があるのでそう自由に歩き回るわけにはいかないが、入院して一番の問題は運動不足である。特に筋力はあっという間に衰える。できるだけ散歩して退院後に備えるのがベスト。入院してからほぼ1か月。今回は病室からほとんど出ていないので不安だが、そろそろ歩かねばと焦っている。

夕食から午後10時までも自由時間。患者はテレビを見たり読書をしたり、思い思いの時間を過ごす。

この入院中に成果があがったこともある。実は吐血したあと、初めて妻・長女・長男から手紙をもらった。

本人を目の前にしてはなかなか言いにくいことも多いが、手紙はこういう時には便利なものである。子供たちの成長や個性が手紙から窺えて嬉しかった。

それぞれの返信も兼ねて、夫・父親からの手紙をこの時間を利用して手書きで書き終えることができた。退院したらそれぞれに手渡すつもりである。

家族の行く末を見届けることができず、夫として父親として誠に申し訳ないが、これも運命。手紙がこれからの人生の指針、そして支えになってくれればと願ってやまない。

主治医の説明によれば退院は今週末か来週初めの予定である。待ち遠しい。あと少しである。

▼コメント

ななみ＾＾もうすぐ退院とのこと、本当に本当に嬉しいです。回復を信じるご自身の強い心とご家族のお気持ち、ブログを読んで応援している多くの皆さんの祈りが重なったのでしょうか？　このブログが始まった時から拝読していつも思うのですが、素晴らしいご家族ですね。お互いに宛てたお手紙は宝物ですね。私には羨ましいです。楽しい時間をこれからも沢山過ごされますよう心からお祈りしています！

＞＞ななみ様　ありがとうございます。家族の絆を感じる毎日です。最後まで明るくと念じています。

あきるー＾＾退院の見通しがついて良かったですね。一日一日が気持ち良く暮らせますように!!　入院していると、医療者に対して感謝すると同時に、本当に大変な仕事だなぁと思いますね。いつも働いているようにみえるので、患者の身なのに医療者の体が心配になるほどです。そういう姿を見ることで、患者も頑張らなくちゃと思うのかもしれません。病院の中の非日常から、家での普通の生活に戻れる日が楽しみですね。

＞＞あきる様　いつもありがとうございます。退院と言っても完治した訳ではないので複雑です。残された月日は楽しく有意義なものにしたいと願っています。

91　退院はしたけれど……

●2013年10月5日

本日5日、大学病院を退院した。入院したのが先月1日だったので入院生活は35日と予想外の長期間となった。

長引いた理由はすでに報告したように、肺炎から始まり胃小腸バイパス手術、黄疸予防の胆管ドナレージ術、そして吐血・下血と問題が次々と出てきて、その度に対応したためである。今回の退院にあたって大学病院側の基本的スタンスは、

▽治療できる・やれることは全てやった。

▽抗がん剤治療も終了したので大学病院としての治療は終了した。今後は地域の病院で緩和ケアを受けるなりホスピスを探してほしい

というものである。

患者の立場からすれば今後もずっと面倒みてほしいというのが本音。しかし多くの新しい患者が病院のベッドをあくのを待っているのである。先進医療・高度医療の役割をもつ大学病院の使命という見地からは、予想されたことでもあり納得するしかない。

初診から10カ月に渡ってお世話になった○○教授。今回の入院で執刀してくれた主治医と担当医。そして笑顔で接してくれた看護師たち。感謝の気持ちいっぱいで病院を後にした。

さて今後どうするか。一般的にはこれからがん難民としてスタート。病院からもう治療法はありませんと言われた患者は、最後まで奇跡を信じて代替療法や民間療法の道を探ることになる。

しかし私の場合、こうした治療でたとえ腫瘍が小さくなっても、もはやあまり意味がないようだ。また体力的にも時間的にもそんな余裕もない。理由は、

▽止血剤でいま治まっている十二指腸付近と推定される出血がいつまた起きるか分からないこと。

▽進行がんなので浸潤された他の場所でも新たな出血が始まる可能性があること。

▽出血している場所を特定するのは難しく吐血・下血を完全に治める方法はないと説明を受けたためである。

再発すれば当面は輸血で乗り切るとしても、献血で得られた貴重な血液である。限界があるのは言うまでもない。

結局あれこれ迷ったが、体力の回復がまず先決。新たな治療はひとまず断念したほうが賢明だと判断した。当面は在宅医療の道を選び、病状が更に進んで最終的な段階になればホスピスに行くつもりである。

残された月日が果たしてどれくらいあるのか。誰にも分からない。

▼コメント

匿名希望＾＾以前にもコメントさせてもらった者です。父も少し前にその選択をし、在宅医療を受けると決めました。ホスピスも予約をしました。この先の選択肢として予約しただけであり父が望む場所で過ごそうと思っています。この病気と生きる方はみなさん本当に毎日一生懸命だと思います。どうか少しでも穏やかな日が続いてくれますよう願っています。**ちーちゃん**＾＾退院おめでとうございます！住み慣れた我が家が一番なのではないでしょうか？　1日1日をご家族と笑って過ごせるようにお祈り申し上げます。

＞＞匿名様　親の病気で奮闘する子供の姿に感動しています。日本の親子関係もまだまだ健在です。がんは家族の総力戦。後悔のないよう頑張ってください。

＞＞ちーちゃん様　いつもありがとうぎざいます。退院したあとも体調はいまひとつ。でも我が家に優るところはありません。はやく食欲と体調を回復させたいものです。

92. お正月まで

●2013年10月7日

退院して久しぶりに我が家に戻ってきた。「狭いながらも楽しい我が家」である。少しずつ元気が出てきたと言いたいが、相変わらずの食欲不振で体調は良くない。

それにしても、入院中に大量の吐血下血があった時には驚いた。血圧がみるみる下がり最高が70台まで下がった時は「いよいよか……」と一瞬覚悟したほどだった。家族の話では顔面など真っ白だったという。

それまでは何となく前途にどこか楽観的な気分も持っていたが、病状が確実に進んでいるのを改めて実感した。

あれ以来、今後は月単位でいろいろ考えたほうが良いと思っている。あれもしたい。これもしたいと思っても、長期計画ではあまり意味がないのだ。

健康な人には少し気の早い話だが、タイトルの「お正月まで」は、何としても再入院せずに自宅で正月を迎えたいという意味である。

そのためにまずやるべきことは体力の回復である。体重は現役の頃は70キロ前後あった。入院前は65キロ前後。それが今は55キロ前後である。

もはやダイエットに成功したと喜んでいるレベルではない。体重増加が体力回復のポイントである。早く味覚障害を克服し、食欲を取り戻したいと切に願っている。

お正月までにやりたいことはたくさんある。

まず家族揃っての温泉旅行。実は９月に予定していたのだが入院でキャンセルした経緯もある。あまり遠くに出かける体力はないので木曽路か飛騨あたりの温泉でヒノキ風呂の香りを楽しみたいものだ。

油絵の手直しもしておきたい。父親からのプレゼントということで描いたものの、見直してみると雑な箇所が相当ある。またおそらく最後の作品となるであろう「我が家」にも挑戦したい。これから絵の具が乾きにくい冬場に入る前に完成させたいと思っている。

大晦日の夜。紅白歌合戦を見ながら家族揃って年越しそばを食べる。

お正月は酒を飲みながらおせち料理を食べ初詣に行く。

つくづく日本人に生まれて良かったと感じる至福な時である。

やはり自宅で過ごしたいものだ。

「酒も好き餅も好きなり今朝の春」　高浜虚子

▼コメント

小川和久∧∧コンちゃん、自宅で過ごせるようになってよかったですね。なにも手伝えない自分を情けなく思いながら、コンちゃんの強い精神力に脱帽しながら、ブログを拝読しています。ブログに勇気づけられている人は、いっぱいいると思います。

ちーちゃん∧∧味覚障害…経験はないので勝手な事言うな！って怒られるかも知れませんが、色々な味は覚えてますよね？　思い出しながら想像して食べてみてはいかがでしょう？　少しでも楽しい食事になりますように！　お家が一番ですq（^-^q）

∨∨小川様　ご無沙汰しています。精神力も食べ物が美味しくないと弱ってきます。同じがんになるにしても消化器系のがんは遠慮したいものです。これればかりは選べないから仕方ありませんが……。

∨∨ちーちゃん様　美味しかったころのイメージを想像して食べていますが、病気になる前の昔の味覚が10だとすると現状は1のレベルなので、かえってストレスがたまってしまい拒食症になります。困ったものです。

93. 在宅医療スタート

●2013年10月9日

在宅医療の最大のメリットは、何と言っても住み慣れた我が家で残された日々を過ごすことができることである。これは誰も同じであろう。入院していた大学病院の地域支援スタッフの尽力もあって在宅医療を支える医師・看護師なども地元ですんなり決まった。予想していた以上に在宅医療の体制は進んでいた。まさしく「案ずるより産むがやすし」であった。

退院してから打ち合わせした結果、実施計画は次のように決めた。

医師については当面は自宅から歩いて5分程度の内科クリニックに毎週1回程度通院することになった。もちろん病状が進めば自宅まで往診してくれる。24時間対応である。主に受けられる治療行為は、通常の医療行為の他に訪問看護師への指示。ホスピスなどの紹介も含まれている。

一方、看護師については自宅近くの訪問看護ステーションと当面毎週1回の訪問で契約した。こちらも24時間対応である。そして病状が進めば回数を増やすことになる。

受けられる主なサービスは血圧・体温・脈拍の測定や病状の観察。点滴や連携する医師との連絡。洗髪、入浴の介助などである。

費用はいずれも健康保険が適用されるので自己負担額は30%。医師はまだ分からないが看護師は自宅訪問1回あたりで諸雑費も入れて3000円前後の見通しである。


ところで退院してから体調が良くない。ほとんど食事が出来ない状態なので体力の消耗は当然。何かを食べようとすると吐き気に襲われる悪循環である。

これまで痛みがなかったのが幸いだったが、腹部付近も痛くなってきた。

本日初めて痛み止めとしてオキシコンチンという麻薬を使用した。

▼コメント

はる^^おはようございます！ブログ更新ありがとうございます。ずっと勝手にパワー送らせていただきます。感謝。
>>はる様　いつも励ましのコメントありがとうございます。本人も家族も大変ですが、お父様の病状が少しでも良くなるように願っています。

94. 人生のバランスシート（1）

何を得て何を失ったか

●2013年10月11日

この1年間ずっと考え続けてきたことがある。

それは人生の晩年になってなぜすい臓がんになってしまったのか。余命1年の末期患者になってしまったのかということである。

客観的に解説すれば簡単かもしれない。

食生活や食品添加物の問題、健康に対する過信、不規則な生活、ストレス、タバコなど理由はいくつも挙がるに違いない。

もちろんこうした解答を否定するつもりはない。多分その通りであろう。

問題なのは、何故よりによって私がこの運命のくじを引いたかである。

これも客観的に解説すれば、体調管理を怠った自己責任だと言われるだろう。いや単に運が悪かっただけかもしれない。

しかし本人としてはどうも納得いかない。そこに何か意味を見出したいのである。

もし私を地上に送り出した宇宙の創造主・神というものが存在するとしたら、あの世でその理由を問い質してみたい。そう思うほど理不尽なのである。

この難問に、解答が出そうもない問題に取り組んで1年。

ようやく解答らしきものを見つけた。あるいは論理的ではないとしても、本人がそう思うことで納得するしかない。そんな結論に至った話である。


この難問を解くためにまず取り掛かったのは、バランスシートの作成である。

すい臓がんの末期患者と運命が大きく変る中で果たして何を得たか。

そして反対に何を失ったか。その中にヒントが隠されていないだろうか。

他人からみると滑稽だと思うが本人にとっては結構真剣なテーマである。


失ったものは何か。

まず老後の暮らしである。

平均余命から判断すれば10年以上の歳月を失った。

定年後の楽しみだったパリを中心としたヨーロッパのスケッチ旅行。国内でも行ってみたい所はたくさんあった。

子供の結婚を見届けることも、もしかして抱くことができたかもしれない孫の顔も見ることができなくなった。

長年の夢や希望は実現の一歩手前で幻のものとなった。何ものにも代えがたい損失である。

妻と子供の将来にも大きなマイナスの影響を与えることになった。

妻も子供もまだ夫や父親を頼りにし必要としていた。精神的にも打撃だろう。

経済的損失も無視できない。厚生年金は遺族年金に変更されて、収入は大幅にダウンすることになる。

もとよりたいした財産があるわけでもなく年金が頼りだっただけに、生活の心配もしなければならないだろう。

他にも失ったものは数多いが、キリがないのでこれくらいにしておく。

一方得たものは何か。毎日を大切に生きる。

きわめて密度の濃い充実した1年間が送れた。

そして人生に対して運命に対して森羅万象あらゆることに対して、より深く考えるようになった。家族の絆がより深まった。

病気になってから仕事仲間や友人・知人から多くの励ましやご支援を受け嬉しかった。

それからブログを開設したことぐらいである。


どう考えても、差し引きは大幅なマイナスである。帳尻は全くあわない。

このバランスシートのままでは本人としては納得いかない。

それが自然な人間の感情というものではないか。

末期患者となって得たもの。密度が濃い1年が送れたと言っても、失った10年の歳月には遠く及ばない。

家族の絆と言ってもこれまでも絆がなかったわけではない。

ブログの開設は確かに余命1年という診断がなければ一生縁がなかったに違いないが、バランスシート全体に大きな影響を与えるほどのものであろうか。

通常の思考方法ではこれ以上先に進めなかった。

▼コメント

匿名希望∧∧本当に理不尽だとしか言いようがありません。時間の大切さや命の重さ、そんなものに気づかなくてもいいから永く生きさせてあげたい、父を見ていると思います。同じ病気でも「同じ」とは言えません。それぞれに人生があり、思いがある。私も父に花嫁姿、孫の顔を見せることはできません。それでも結婚していたら毎日一緒に過ごせなかったと思うとこれでよかったと思う日もあります。家族を支える側から支えられる側に変わったと思っていませんか？

私は未だに父に支えられている側だと思っています。それはこれからも一生変わりません。一懸命働いて家族を養い大切に育ててくれと、そして今の苦しみと闘い続けていること…すべてがわたしの過去も未来も支えてくれています。

95. 人生のバランスシート（2）信じる力

●2013年10月12日

そこで発想を変えることにした。

得意の「思い込みの世界」でこの難問を解いてみることにした。

本人が理不尽と思う死に、どう気持ちの折り合いをつけるかの話である。あくまで感情の問題なので論理的でないのはある意味当然の帰結だと思ったからである。

結論は、末期患者にならなければ決して開設することはなかっただろうブログ「どーもの休日」に求めることにした。

理由は、社会的理由と個人的理由のふたつある。まず社会的理由である。

2人に1人が、がん患者になり、3人に1人が、がんで死亡すると言われる時代である。

特にすい臓がんはがんの王様と言われるくらい他のがんに比較して5年生存率が極端に低

い。発見された時は手遅れのケースが多く、治療方法も手術以外は延命治療しか期待できない病気である。

医師からすい臓がんの宣告を受けた患者は絶望感に打ちのめされる。そして真っ先に自分の前途がどうなるのか調べることになる。

その時一番頼りになるのが同じ患者が書いた手記・闘病記である。

医師の書いた立派な本はたくさん出版されているが一部には売れれば良い、あるいは自分の治療方法のPRといった出版物もあり、必ずしも全幅の信頼がおけない。

その点患者が記録した手記には真実の声が闘病の現実が記載されている。私も患者になって真っ先に取り組んだのは同じすい臓がん患者の数々の記録を読むことだった。そしてどんな症状が出るのか。どうやって対応しているのか。患者の立場からの痛切な声を知ることができた。そして時には勇気をもらい絶望感から救われた。それくらい闘病記には社会的価値があると思っている。

もし宇宙を創造した神がいるとしたら、私に最後の社会貢献をさせるために運命を変更させたと思うことにしたのである。

現在の私のブログに果たしてそれだけの価値があるのか。そう言われると辛い。

自信はないが、時々は患者の家族から「ブログを読んで勇気や希望を貰った」「いつも前向きのブログを読み励みにしている」などのありがたいコメントを頂くようになった。エキサイトブログのデータによると、最近ではスマートフォン・PCを合わせると1日に500人前後の読者が訪問してくれている。

内容を充実させて、少しでも参考になるようなものにしたい。そう考えている。ブログのシステムことはよく分からない。しかしすでに亡くなった人のブログが数年経過した今も拝読できることを考えると、その生命は意外と長いようだ。私は亡くなったあともエキサイトブログの中では生き続けることになる。そして少しは世の中のお役に立つことができる。幸せなことである。

もうひとつの個人的理由というのはこうである。島根県の隠岐の島。古くは流人の島として後鳥羽上皇・後醍醐天皇なども流された島である。

私の両親はこの島の出身である。私自身は大阪生まれであるが、小学2年から中学1年まで6年間は島後にある西郷町というところで育った。

この町の図書館に郷土コーナーというのがある。地元出身の人が書いた本やエッセー・自分史などが書棚に並んでいる。実はこのコーナーに父親と母親の本と小冊子があるのだ。父親の本は郷土史「隠岐流人の島」母親の小冊子は自分史「昭和に生きて」である。私の死後このコーナーに息子である私の小冊子も仲間入りするはずである。

思いもかけぬ病気でブログを始めてもうすぐ1年。いつまで続けることができるか分からないが、記録として残したいと思ったからである。

ブログは私の死後に「すい臓がん・末期患者の〇〇〇日」として小冊子にまとめ、家族が図書館に届ける手はずになっている。そうすれば親子3人の本や小冊子が同じ郷土コーナーに並ぶことになる。親も喜ぶことであろう。息子としても嬉しい「ただいま」である。

すい臓がん末期患者にならなければ決して有り得なかった展開。人生のバランスシートはプラスマイナスゼロにはならないが、損得勘定の話ではない。少しでも自分の死にそれなりの意味を見いだせるか。そして気持ちを納得させるかの話である。

人は誰でも生きることに意味がある。

誰でもいつかは迎えることになる死にも、それぞれの意味と必然が込められているように今は感じている。
そのことを信じることで人は救われるのではないか。やっと到達した私なりの解答である。

▼**コメント**

清瀬薫＾＾姉が山で死んだとき、「主は与え、主は奪う。」という聖書の一節が読まれました。突然の別れの悲しさや悔しさや怒りの感情はなかなか消すことができませんが、その時少し安らぎを得たような気がしました。多くのことはあらかじめ決められており、それにはそれぞれの意味があり、人間だけがそれを知らないのかもしれません。

山田勝久＾＾おはよう。ブログ読んだよ。生きるもの全てがいつかは死ぬのだけど、身内、知人には自分より長生きしてもらいたいと思うよね。
事故等で自分の知らない中で亡くなる人と、貴方のように余命を知らされて中身の濃い人生を過ごす人とどちらが良いかというと言うまでもないよね。未だ味覚は戻っていないとのこと。でも食べようね。食べることは生きるということだから。

通りすがり＾＾私も尊敬する上司が同じ病と闘っております。お子さまはまだ中学生です。偶然にも貴殿のブログを拝読させていただき、理路整然と、そして深みやあたたかみのある文章にひきこまれています。ご両親から譲り受けた文才なのでしょうか。厳しい暑さもおさまり、これからは紅葉も美しい季節へと移っていきます。どうかご家族とおだやかな日々を送られますよう、お祈り申し上げます。

　たくさんの方が貴殿のブログに励まされ、応援し、貴殿やご家族のご多幸を祈っていることと思います。その想いを伝えたく面識のない者がコメントをする失礼をお許しください。
>>清瀬様　ありがとうございます。日頃は合理主義者を自負していますが、まさに苦しいときの神頼みでしょうか。でも矛盾こそ人間らしい感情で、そこが好きでもあります。最終的には到達するのはやはり信じる力の大切さということでした。
>>山田様　人間食べられることが出来なくなったらお終いとは理解しているのですが、あれも食べたい、これも食べたいと思っているのですが、体重計で測るたびに減少。でも乗り越えます。心配をおかけして恐縮です。
>>通りすがり様　過分の言葉恐れ入ります。ありがとうございます。私の場合は子供がすでに成人し働いているので一応安心ですが、尊敬なさっている上司はまだ子供が中学生とか。さぞかし大変でしょう。どうか励まし力になってパワーをあげてください。
はる^^おはようございます！ブログ更新ありがとうございます！　私の父はパソコンを使わないので、いつもプリントアウトしてブログを見せています。父は、かなり文才のある方だから恐らく報道関係のお仕事の方だろう！と勝手に思っているみたいです(^_^)　大変読みやすいと言っています(^_^)
病院の先生から今年いっぱいは難しいかも。。と今年6月末に宣告をされた父ですが、来年の干支も見せてあげたいと思っています！

私はきっとできると信じてます！　※昨日は草むしりをしていました。

＞＞はる様　４ｂ末期と言われた私でさえ1年近くたった今でもまだ大丈夫です。余命宣言のうそにも書いたように医師は短めに言うもの。あまり気にしないで元気づけてあげてください。お父さんのご指摘のとおり報道関係の仕事をしていました。ですからまだ仕事をしている気分です。

96. ホスピス見学

●2013年10月16日

医師の勧めもあり、退院後にホスピスを見て回った。ひとつは市の中心部、もうひとつは郊外にあった。いずれもキリスト系の総合病院に併設されたかたちで設置されている。

県内では歴史が古く代表的なホスピスである。玄関に入ると、ここがもしかしたら最期の場所になるのかと厳かな気分になる。

内部はとにかく静かである。やすらかな気持ちになるが、寂しい気持ちにもなる。大学病院から提供されたCTや病状報告など各種データを持参した。そして医師の面談、そのあと病室を案内してもらった。

実際初めてホスピスを訪問して意外だったのは、定員が15人から20人と想像したより小規模なことであった。これでは順番待ちになるはずだと思ったが、登録してから1か月前後でだいたい空きが出るそうである。

いずれも終末期の患者ばかりである。ここで過ごす期間はほとんどの人が30―40日前後とか。

利用料金は部屋の広さと設備で決められているが、外の景色が良ければ料金が高くなるところもあった。部屋は全室個室。もちろん健康保険が適用される。

利用料金は70歳未満の場合は、6畳程度の一般個室で1か月16万円。有料個室で38万円。特別室になると個室の中には家族用の和室も用意されており、50万円と料金には結構幅があった。他に雑費の支出がある。

たとえば70歳未満の人が自己負担30％で高額医療費制度を利用した場合、一般個室に30日間入院した際は医療費9万円あまり、食事代が2万円あまり。機材使用料5万円あまりで、あわせて16万円あまりが必要とある。

家族室もあり、1日あたりで約5000円で泊まれる。共同だが炊事場もあった。場所は市内が良いか、郊外が良いかはその人の気持ちの問題。家族などの負担を考えると市内の方が便利だが、自然環境を考えると郊外の方が良い。

面会は自由だが断っても無論良い。外出・外泊も医師の許可を取ればOK。全体として患者優先である。

ただ入院の条件としては

▽悪性腫瘍になった患者で予後数か月と診断されていること

▽痛み・全身倦怠感・呼吸困難などが出現しており、症状の緩和が必要であること

▽治癒を目的とした抗がん剤などの治療は行わない。

▽延命目的の心臓マッサージ・人工呼吸・輸血などは行わないこと

などが挙げられている。

登録して連絡を待つことにしたが、さて実際に連絡があった場合、どうするのか。在宅医療をいつまで続けるか。

一人でトイレに行くことができる間は自宅で過ごしたいと思うのだが……。

97. 和菓子・栗きんとん作る

●2013年10月19日

毎年秋になり栗が出回るようになると「栗きんとん」を作るのが楽しみだ。いつもはスーパーマーケットで生栗を購入してくるのだが、今年は今流行のお取り寄せで生栗を注文した。

これが届いた長野・小布施の生栗。昔から美味しいと評判な栗の産地だ。江戸時代は毎年将軍家への献上がすむまでは、庶民は栗を口にすることができなかったとされ別名「御留め栗」とも呼ばれたという。収穫してもすぐに出荷せず1か月熟成させるのが美味しさの秘訣だそうだ。割高だが期待がふくらむ。

今年はこの栗を使って「栗きんとん」以外にも「栗ご飯」を作るつもりである。

これはまず本日作った「栗きんとん。」

一般に販売されているものより砂糖は控えめ。その分だけ粘り気がないが

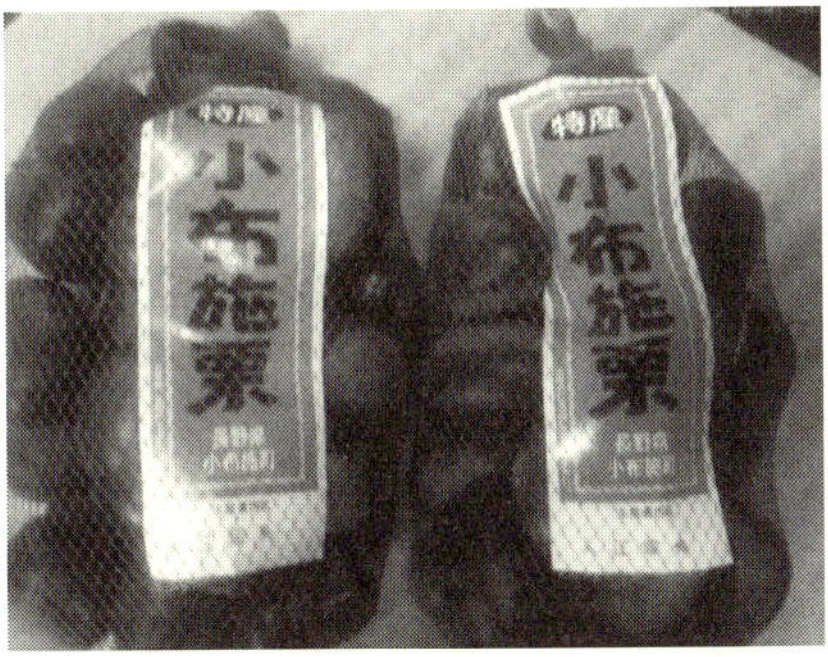

素材の味にこだわった。自分で作ったものはとにかく結構な味である。

形は多少不揃いなのはご愛嬌である。食べてみると思ったとおり。味覚障害で本人は微妙な味まではよく分からない。

しかし家族の評判は例年以上に美味しかったという。

今月の目標は出来るだけ家族揃って食卓を囲むこと。あれこれメニューを考えるのが楽しみである。

こうした平凡な一日一日が何より大切。生きている幸せを噛み締めた。

俳人小林一茶は小布施近く出身。

御留め栗のことを、「拾われぬ栗の見事よ大きさよ」と詠んでいる。

▼**コメント**

ちーちゃん＾＾やっぱり秋は栗ですよね～栗ご飯も大好きです。栗きんとん美味しそうですね！　家族揃って食卓を囲む！一番だと思います！。(*⌒—⌒*)。

＞＞ちーちゃん様　やっぱり栗きんとんはは素材次第そんな気がしました。いつもコメントありがとうございます。

はる＾＾こんにちは！　栗きんとん作られたんですね！すごいです（^〇^）／　私の父は、料理はできません。幼いころにフルーツポンチを一度だけ作ってくれました。とても美味しかったのを覚えています。その後は今日まで一度も料理はしていません（*^_^*）

＞＞はる様　フルーツポンチか。さぞかし美味しいことでしょう。良い思い出ですね。

はる＾＾良い思い出です（^^）　あれから30年程の月日が流れているのに昨日のことのように思いだされます！　私の記憶の中に永遠にあるフルーツポンチです。

＞＞はる様　親子関係に悩む人が多い中で仲の良い父娘ですね。娘も素敵。お父さんも立派です。

パンジー＾＾以前コメントさせていただいた看護師です。このブログはこれからもいろんな人への道しるべになると思います。緩和ケアが一般的になりつつある一方、大きい病院から「治療ができないので緩和ケアをお勧めします」と突然言われて心の準備も納得もしないまま緩和ケアに移行する人がたくさんいます。大きい病院に見捨てられまいと、最期まで無理な抗がん剤治療を行う方もいます。

緩和ケアも専門医や緩和ケアチームがないままの状態の施設が乱立しています。情報提供や医療施設の連携がもっと充実することも望まれるけれども、今の日本の医療制度の現状で急ピッチに進むとは考えられません。だから患者さんが自分で選択肢を模索してより良い道を選択しなければいけない現状にあります、でも正しい答えなんかないし、限られた命をどう生きるかなんて簡単に決められることじゃない。

きっとこれからいろんな方がいろんな想いでこのブログにたどり着いてさまざまな道しるべを見出すだろうと思います。

このブログ はご自分で思ってるよりすばらしいものだってことをお伝えしたくてだらだらと書いてしまいました。季節の変わり目です、風邪などで体調を崩されませんように お大事になさってください。

＞＞パンジー様　大変よいコメントありがとうございます。20日いただいた時見落としてしまい、すっかり返事が遅れてしまいました。ごめんなさい。励みとしてパワーをもらった気がします！

98. 秋桜《コスモス》

●2013年10月21日

1万本の秋桜が咲きほこって家族連れなどで賑わっていると聞いたのはもう10日以上も前だったか。家族の日程調整が難しく、またこの間天気も悪かった。すでに花の盛りを過ぎていることは分かっていたが……。

ところが本日（21日）は絶好の小春日和である。日中の予想最高気温は27度。青空が広がり雲はほとんどない。まさしく秋晴れである。

出掛けた先は車で15分程度の記念公園。さすがに広い公園を歩き回る体力はなく、車イスを利用しての初めての外出となった。

月曜日とあって本来は休館日。ただ野外散策だけならＯＫとのこと。人出さすがには少なくゆっくり鑑賞することができた。

秋桜はメキシコの高原地帯が原産地。日本には明治20年ごろわたってきたという。花言葉は真心である。この可憐さに素朴さに魅かれるのか。

子供の頃から何故かこの花が好きだった。

たくさんの種類があるが一般的に秋桜といえば、オオハルシャギクのことを指すらしい。
風も爽やかで気持ちは大変良い。
とても貴重な時間を家族と一緒に過ごすことが出来た幸せな一日となった。
秋桜さん「ありがとう」。

▼コメント

あきば＾＾秋桜、可憐で私も大好きです。色だけでなく種類がたくさんあるとは知りませんでした…。ご家族と穏やかでステキな時間を過ごしていらっしゃいますね。退院後は貴方様のご希望どおりの時が流れているようで、陰ながらうれしく思います。遠く東京から応援しております。

山田勝久＾＾おはよう。こちら千葉は21日曇りでしたが、そちらは秋晴れだったようですね。自分も地元で14日、秋桜を見に行ってきました。これからもご家族との時間を大切に、そして楽しい時間を過ごすことができますように。

＞＞あきば様　いつもありがとうございます。ぱわーもらっています。引き続きよろしくお願いします。

＞＞山田様　いつもありがとう。感謝しています。

99. 65回目の誕生日

●2013年10月24日

前回のブログで紹介したが、コスモスを見て自宅に戻った途端、異変が起きた。廊下で倒れ、数秒間意識不明となった。

実は2回目である。せめて桜の花を見ながらと思っていたが、コスモスの花を見ながら逝くのかと一瞬思った。幸い一命は取り留めたが、それ以来体調がすこぶる悪化。

ところがこのブログを「出版しませんか」という地元の先輩からの温かい問い合わせがあってから気力が回復。人間は目標や希望がとても大切。再び「頑張ろう」という気持ちになった。

ところで本日は65回目の誕生日である。

子供の頃から24日の誕生日が好きだった。なぜならこの日は国際連合の誕生日でもあるからである。

「将来は国際貢献したい」外交官は無理かも知れないが、せめて青年海外協力隊に参加したいと資料を取り寄せたこともあった。いまや懐かしい思い出。

今晩は家族揃ってささやかな祝いの食卓。子供の頃はあまり縁がなかったサーロインステーキを食べさせたい。昔風の味付けで子供達に食べさせてあげたい。

普段は購入したことがないサーロインを1枚購入。家族で分け合って食べた。

65歳の誕生日を元気に迎える。

これを最短の目標としてきただけにまずはビールで乾杯。

味覚障害の身としては、味はよく分からなかったけれど（固形物はまだ食べることができない）、昔風のサーロインステーキが子供たちに大好評だったのは言うまでもない。

楽しかったひととき。至福な時間を過ごすことができた。

いつも励まして支援してくれる読者に感謝したい。

▼コメント

ちーちゃん＾＾何となく…昨晩ＨＮからお誕生日かな?と思いましたが、定かでなかったので書き込みを躊躇いました。お誕生日おめでとうございます（*≧∀≦*）

オムザ＾＾誕生日、おめでとう。ブログには、内容が重すぎてコメントできない、と言うのが正直なところです。ご家族のために、つとめて明るく振舞っているだろう貴兄の姿が眼に浮かびます。平穏な日が、続きますように……。

M&M＾＾65才のお誕生日おめでとうございます!!御家族揃って食卓を囲まれたとのこと、本当に本当に良かったですね！　御家族の皆さんとのお幸せな時間がずっとずっと続きますように…（^o^）

inu＾＾お誕生日おめでとうございます。はじめて書き込まさせていただきます。いつも読ませていただいています。家族とは日常とはとても貴重なもの貴重な瞬間だと、改めて感じさせられています。

瀬戸武＾＾お誕生日おめでとうございます。ブログはいつも拝見しています。そしていつも、内容に感動しています。ご家族みんなで迎えた誕生日、よかったですね。一緒にビールで乾杯したかったです。穏やかな日々をおくられますように祈っています。

大西＾＾お誕生日おめでとうございます。家内もとりあえず、退院してきました。月曜日から訪問診療、介護のスケジュールを作ることになります。私は何もできず、週1で東京から来る娘が、手続き関係は一切やってくれています。お互い（妻と）養生しましょう。寒くなっていきますので、くれぐれも無理はなさらないようにお元気になられることを祈っています。
>>ちーちゃん様　いつも応援ありがとうございます。返信大変遅く申し訳ありまあせん。
>>M&M様　いつも細やかなご配慮ありがとうございます。M様のみなさんのご多幸お祈りしています。
>>inu様　ありがとうございます。これからもよろしくお願いします。
>>瀬戸武様　ありがとうございます。力強く嬉しいコメント。感激しています。これからもひきつづきよろしく願いします。
>>大西様　退院おめでとうございます。お互いしんどい立場ですが少しでも前を向いて歩いていきっましょう。奥様によろしくお伝えください。
ななみ∧∧2日遅れですがお誕生日おめでとうございます。そしてブログの出版おめでとうございます。帰宅して「どーもの休日」を読むのが習慣になっています。沢山の人が読めば、もっともっと多くの人が励まされ、元気づけられるのになあと思っていたのでとても嬉しいです。出版楽しみにしています！

＊＊＊＊

三度目の退院

家族の回顧録③

２０１３年10月、退院にあたり栄養補助ドリンクや止血剤、胃薬、ステロイド剤など複数の薬が処方され、地域の看護ステーションによる在宅医療の生活が始まりました。昔よく通ったハンバーグ店、会員になったカラオケ店に行くことや油絵やブログの続きを書くことなど生きる目標は変わらずに退院しました。

しかし、思うように事は進みませんでした。退院後まもなく強い吐き気と激痛の症状が現れ、楽しみにしていた食事も受け付けられなくなりました。手術後１ヶ月以上絶食状態だった胃には無理があったのでしょう。腹部に開けた胆汁排出管と袋で寝返りもままならない様子で「この体勢が一番らくだから」とベッドに腰をかけてじっと耐えていました。夜明けを待って１階に降り、テレビやパソコンに向かっていたのは、辛さを紛らわせるためだったように思います。

訪問医に相談し、退院10日目からは鎮痛剤の種類を変更したことで痛みは一時消えたものの、吐き気は治まらず一気に体重が減少し始めました。胃が拒否して戻ってくるものの中には白い胃の粘膜と思われるものがいっぱい浮いていました。胸焼けがすると苦しそうだったのは胃の中が赤くただれ燃えるように痛かったのかもしれません。胃の中も夫も悲鳴をあげていたのです。意識を失い部屋で倒れることもしばしばあり、油断できない日が続きました。玉手箱を開けた浦島太郎のように声がかれ、子供達に両手で支えてもらい歩く姿は20年後の夫を見ているようで寂しくなりました。

そのような厳しい状況の中でも、楽しみもありました。そのひとつが夜のマッサージ&リハビリタイム。理学療法士である息子を中心に主人を囲んでの和やかコミュニケーションタイムに「なかなかいいね」と満足そうな顔をしていました。

10月24日、65歳の誕生日には、声を振り絞り、美味しいステーキの焼き方を伝授してくれました。ケーキに立てたローソクの火を吹き消し、家族の心配する言葉に「いいんだ」とごくごくビールを飲み干したものの、大好きだったステーキは一口食べるのもやっとでした。この日の食事が夫の最後の晩餐となりました。

（妻・尚美）

100．さようなら

●2013年11月2日

すい臓がんの末期患者になってから始めたこのブログもいよいよ最終回である。

本音を言えば、せめて70歳までは、せめて子供が結婚するまでは生きていたかった。その意味では誠に残念・無念である。

しかし運命には逆らえない。あの世にもいろいろ事情があるのだろう。そう思って少しは明るい気分で逝くことにしたい。両親や祖父母、友人、すでに逝った職場の先輩なども彼岸にはたくさんいることである。この世の報告をしてあの世のことを教えてもらおうと思う。

末期がん患者になって心配したのは、ウツになり人生の晩年を暗い気持ちで送ることであった。振り返ってみると幸いなことに極端なウツ症状はなく比較的穏やかな精神で生活が送れたのではないか。そう思っている。

ブログ、下手な油絵、カラオケ、食べることへの執着などの生きる目標がそれぞれ役割を果たしてくれた。もちろん家族やブログを見てくれる多くの人が精神的な支えになってくれたのも大きな要因である。と言っても平常心で淡々とした心境で最後の時を迎えたという訳でもない。常に頭の片隅に間もなく死ぬという思いがありプレッシャーとなった。何かやるたびに無力感・絶望感も漂った。

立派に生きていくのは難しいものだが、立派に死ぬのもなかなか難しいもの。若い頃から無常観について惹かれて関心があったのも少しは悟りに役立ったかもしれない。

これまでの人生。たくさんの人のお世話になった。迷惑をかけたこともたくさんあった。それでも楽しく人生を送ることが出来たのは縁を結んだ数多くの人の好意があったからである。

本当にありがとうございました。皆様のご多幸を祈念しております。さようなら。

▼コメント

あきば＾＾立派な幕引きの仕方を教えてくださり、ありがとうございました。ご希望どおり、約一ヶ月、ご家族と穏やかな時期を過ごされ、お誕生日を迎えられ、サーロインステーキの味もお伝えになられ、すばらしいと思います。どうぞ安らかに。

inu＾＾とても立派な方ですね。家族のみなさんも本当にすてきな方たちですね。たくさんのことを教えていただきました。自分が同じ立場だったら…とてもとても…。どうぞ安らかに。

なつ＾＾前回のブログにもコメントさせていただいた者です。私の祖父も先週同じ膵臓癌で亡くなりました。無知な私はこちらのブログでたくさんのことを学ばせていただきました。ありがとうございました。

とても残念なことですが、ご家族の皆さまもお力落としのないようにお過ごしください。ご冥福をお祈りいたします。

トモ＾＾約11か月間、拝見しておりました。毎回3日と開けずブログを更新されていた近藤さまが、1週間も音沙汰なしでしたので、毎日不安でした。やっと更新！と、喜び、拝見しましたら、訃報……泣きました。素晴らしい方とブログを通してですが、ご縁を持てまして光栄でした。ご立派な終焉だったと思います。近藤さまの暖かい絵が好きでした。

同じ時期に同じ病名を告知された私の61歳の母は、5ヶ月前に彼岸に旅立っております。近藤さまも、母も、今は美味しく物が食べれて、痛みも不安も無い時間を過ごしているんでしょうね。ご家族様も本当にご苦労様でした。心よりご冥福お祈り申し上げます。ありがとうございました。

mi ＾＾知的な文章に惹かれ、更新があるたびに拝見させていただいておりました。ご冥福をお祈り申し上げます。教えていただいた昔風のステーキ、作ってみたいと思っています。ありがとうございました。

かこ ＾＾タイトルを見た瞬間、涙が出ました。数ヵ月前から拝見しておりました。私の父も5ヶ月前に癌で旅立ちました。看病する子供たちの立場を思い苦しくなり、旅立つ父親の気持ちを思い切なくなりました。いくつになっても、子を想う親のやさしさは変わりませんね。ステーキを家族で分け合って食べる風景を思い浮かべ、また涙しました。同じ思いでいる子どもはここにもいます。どうかお身体ご自愛下さい。すばらしいお父様でしたね。

＊　＊　＊

親を看取る日

家族の回顧録④

先日とある地元紙で延命治療についての記事を見つけました。

過剰な延命治療を疑問視する医師の意見に対して、葛藤しながら母親の延命治療を受けている60代の娘の気持ちが述べられていました。1日でも長く生きて欲しいと願う子の気持ちは、いくつになろうが変わらないのだと改めて感じさせられる記事でした。父の終末期医療に際して、「がん難民」「在宅医療」「延命治療」など今まで見えていなかった社会の課題に直面し、何度も複雑な気持ちになりました。リスクを受け入れ抗がん剤投与を行うのか、延命治療の有無、ホスピスか在宅看護どちらを希望するか。残された少ない選択肢の中で家族4人が1日でも長く一緒に過ごすことができる「正解」を求めて、父も母も模索を重ねた1年でした。

10月27日・日曜日、外出中の私のもとへ母から「救急車で今、病院に向かっている」と連絡が入り急いで病院へ駆けつけると、救急外来のベッドに表情を歪めながら横たわる父がいました。この日は出版社との打ち合わせがあったものの嘔吐が激しく途中で打ち切り、原因を調べるため総合病院へ搬送、検査してもらうことになりました。

担当医から家族が呼ばれ、母と弟がCTと血液検査の報告を受けました。すい臓をはじめ、腎臓や血糖値などあらゆるところが異常値を示していたようです。痛みをコントロールするため、モルヒネ持続皮下注射の説明があり「残念ながらもう家に帰ることはできないでしょう」「モルヒネを打つことで安らかに眠るように亡くなる方もいらっしゃいます」と告げられました。父にはもちろん伝えることなどできませんでした。

病室へ移動後、すぐモルヒネの投与が始まりました。「イタイ、イタイ」と一晩中痛みを訴え、時に母の手を強く握りながら耐えようとする父。時間の経過とともに父の呻く声が強くなり、意識が不安定になっていくのが分かりました。ほとんど眠っているような状態が幾日も続くなかで父はこのような最期を望んでいたのだろうかと、病室で心が痛みました。

「まだ若いからがんばれ。天国で見ているから。時間が許す限り、死ぬまで頑張る」

弟と私に静かに告げたこの言葉が父の最後の言葉でした。懸命に声を振り絞りとひとりひとりの手を握ってくれました。どんな困難な状況でも諦めることなく力強く生きなさい。と父の目はそう言っているかのようでした。

親を看取った子として、大きく後悔していること。それは父が持っていた死への恐怖を聴いてあげられなかったことです。闘病中はみな互いを気にかけ、家族の前では明るく振る舞い、深刻な話題は避けることが多かったように思います。父は子である私たちに一度も涙を見せることはありませんでした。どんなに恥ずかしくても、カッコ悪くても素直な感情を父に伝えることで、父の思いも受け止めることができたのではと今でも悔いが残ります。

（長女・まり子）

生死事大　無常迅速

大島 敏男（元ＮＨＫサービスセンター理事長）

「待ち望んだ未体験ゾーンに突入しました。いずれにしてもまず健康」。これは近藤君から一昨年の12月初めにもらった手紙の一節です。彼はその年の10月に第二の職場、ＮＨＫサービスセンターを退職し、定年後の新しい生活に踏み出したところでした。

まったく同感。折り返し、その手紙でお誘いのあった美濃や瀬戸の窯元めぐりの日程の都合を勇んで問い合わせました。ところが返って来たメールがなんと「末期ガンで余命半年から1年の宣告」。「人生は思うように行かないものです」とありました。

不条理きわまる暗転です。「死は前よりしも来たらず、かねてうしろに迫れり」と徒然草にあります。前年の秋、親しくしていた直近の先輩が、いきなりの末期ガン宣告で5ヶ月の闘病の末逝っていただけに、その思いを強くしました。

近藤君と私はともに昭和46年にNHKに記者として入りました。2ヶ月寮生活をともにして研修を受け、そのあとは職場が重なることはありませんでしたが、40年近く経って互いの第二の職場が同じになりました。名古屋と東京と離れてはいたものの、折に触れて励ましてもらったりしていました。

闘病の期間中、2度名古屋に行きました。最初は12月に名古屋大学病院に同期の2人と見舞いました。少し前のメールで彼は「これからという時にとても悔しい思いです。冷静沈着にとはなかなか行きません」と書いていました。しかし会ってみると葛藤の大きな山をひとつ越えたのでしょう、終始落ち着いた口調で、その態度に3人ともむしろ感銘を受けて帰りました。5月には、体調もいいとのことで、ご好意に甘えて同期の友人とともに瀬戸の窯元などを彼の運転で案内してもらいました。この間4月には、上京した彼を囲んで久しぶりに同期が集まりました。その席で彼がこう言ったことを覚えています。「あの世があるとは思わないが、今はあると思った方が励みになる」。

その「あの世」にも「いろいろ事情があるだろう。そう思って少しは明るい気分で逝くことにしたい」と彼はブログを締め括っています。つまるところ「非常事態」とどう折り合いをつけるか。彼によればブログはそのための「生きがい対策」だったわけですが、1

10回に及ぶ記述は、感傷に流れず、過剰な思い入れや無理な思い込みもなく、時にユーモアもあり、事態をできるだけ正確にありのままに捉えて正面から向き合おうという姿勢で一貫しています。奥さんの最終チェックを受けてからブログにのせていると彼は言っていました。2羽の雉の話がありました。どのようなチェックを受けたか知りませんが、夫婦の情愛に感心する近藤君に奥さんが「親子ではないか」と返したという話、秀逸でした。繰り返し読みました。数多ある闘病記の中でも貴重な1冊になるものと確信します。

通夜の席で聞いた曹洞宗の「修証義」は「生を明らめ死を明きらむるは仏家一大事の因縁なり」と喝破しています。それを聞き、1年近い闘病生活に思いをめぐらすと近藤君はこの大事業を立派にやり遂げたと思いました。あの世があるとすれば、道元禅師から一つや二つでは済まないお褒めの言葉をいただいているでしょう。

合掌

死を創る

大木圭之介（映画倫理委員会　委員長）

11月2日、泊まっていたホテルに奥様から電話があった。それは最愛の伴侶の死を知らせるものだった。前夜名古屋で開かれた「近ちゃんを励ます会」に欠席したので、病院に見舞いに行こうと思っていた朝のことだった。

近ちゃんと最初に会ったのは30数年前に遡る。名古屋放送局報道部で、〃遊軍〃という班で一緒になった。総勢7人、決して多くない人数だった。その頃、NHKは地域サービスの拡充の方針を掲げ、夕方のローカルニュースの枠が大幅に伸ばされることになった。どんなネタで埋めればいいか、議論を重ねた結果、ニュース時間の中のおよそ10分間を東海、北陸の7局が同じ企画ニュースを流すというNHKでいう「管中スタイル」にすることにした。しかも、7局が順番に制作というローテーション方式ではなく、名古屋局に各局の提案を募り、その日に相応しいものを採用することにした。その調整役を近ちゃんにお願いするのに何の迷いもなかった。期待通り見事な捌きだった。その中の多くのものが、当時のニュースセンター9時や朝ワイドに採用され、全国に発信された。取材に関しては名古屋の教育問題が記憶に残っている。名古屋の教育は管理教育で知られていたが、高校の教則を徹底的に集め、教育のあり方を問うニュースや番組を放送した。県の教育委員会からは相当睨まれたが、視聴者からは高い評価を得た。あの頃から近ちゃんは記者にありがちな傲慢さなど露もなく、センスの良さ、取材の深さに感心したものだ。東京に転勤してＮＨＫ番組広報誌「ステラ」の編集を担当した時にもそのセンスを遺憾なく発揮した。

仕事だけでなく遊びの思い出も多い。ＮＨＫを退職してからも名古屋に行けば二次会は「カラオケボックス」に決まっていた。近ちゃんのブログには「カラオケ」が10回以上登場する。3月9日のブログの「95点超え（実際は97点だったことが8月7日のブログで判明）」を読んだときは、満足そうな笑顔を思い浮かべた。「世界で一枚だけのＣＤ」はまだ聞かせてもらっていないけれど、将来お孫さんは君の望み通り「おじいちゃんは歌手だったの？」と言ってくれるに違いない。

ＮＨＫの先輩でもある柳田邦男さんの著書『死の医学への日記』（１９９６年・新潮社）の中に次のような一節がある。「闘病とは、病気そのものと闘うだけでなく、自分で、あるいは家族とともに、自らの人生の集約の仕方に見極めをつけ、その達成を可能にする闘病のスタイルを見つけなければならない時代になっている。自分で自分の死を創らなければ、よりよき死を手にすることが難しくなっている時代なのだ。」

近ちゃんのブログを読んでいるとまさに家族と一緒に自分の死を創ったと感じる。それは宣告された1年の余命だけでなく、人生を全うしたということだ。

近ちゃんに脱帽！

（２０１４年7月31日記）

あとがき

２０１２年12月４日の正午過ぎ、会議を終え昼食に向かおうとする私の元へ父からメールが入りました。ひとり暮らしを始めてから、わたしへ連絡は専ら母の役目。父から連絡が来ることは珍しいことでした。家族に何かあったのかもしれない…。胸騒ぎをおぼえました。

「父にすい臓癌の疑いあり。今日何時に帰って来られますか」

いつもと変わらぬ様子で状況を説明する父の電話の向こうで母のすすり泣く声が聴こえてきました。つい３か月前に祖母が胃がんで余命宣告を受けたばかり。懸命に看護をする親の姿を見て、自分の両親を看取る日を想像しました。いずれ向き合うことになる親の死ですが、想像するだけで恐ろしく「いつか来る日」がこんなにも早く訪れるなんて思ってもいませんでした。

私の父、彰は第一次ベビーブームのど真ん中、１９４８年生まれの団塊世代。大阪で生まれ、幼少期は祖父母の出身である島根の隠岐諸島、高校時代は高知の室戸で青春時代を過ごしたそうです。新聞奨学生制度を利用し、東京の大学へ上京。大学紛争をくぐり抜け1971年放送記者の職に就きました。

鳥取、静岡、名古屋、東京、富山、三重と各地を転々とする中で、1983年母と出会い、長女のわたしと弟が生まれました。我が家は転勤の多い、いわゆる「転勤族」の家庭。2―4年に一度、家族全員で新しい土地へ赴きました。梅雨明け間近の季節になるとリビングが引越しのダンボールで溢れかえります。「お父さんは全然手伝ってくれない」と小言を言いながら梱包する母と上手に逃げていく父のやりとりが幼心にも面白く、忘れがたい光景です。見知らぬ町、心もとない生活のなかで家族が一番の理解者であり支えでもありました。決して楽しい思い出ばかりではありませんが、転勤生活により家族の絆は強くなっていったように思います。

2012年の10月に定年を迎え、やっと腰を落ち着けて好きなことができると喜んでいた矢先のすい臓がん末期宣告。初雪の舞う12月10日に余命を告げられました。言葉を失う私たちを前に、診断結果や遺産のこと、葬式からお墓のことまで努めて冷静に家族に話す父の姿がありました。

本やインターネット、半年前に購入したスマホを片手に情報収集に没頭する父。「明るい情報がひとつもない」と肩を落とす様子を見て、父の気を少しでも紛らわしたい、感情を表に出さない心の内を知りたい。そんな思いからブログ執筆を勧めました。スタート時は知人中心だった閲覧が次第に広がり、がん患者家族や医療従事者からコメントをもらうようになりました。同じように悩み、葛藤する読者からのダイレクトな反応、温かな言葉に幾度も励まされ、ブログを発信することが父の生きるモチベーションとなっていました。亡くなる1週間前まで更新することができたのはブログの持つ「つながりの力」だと感じています。

葬儀の3日後、出版のお声かけをくださった津田さんから話を進めましょうと連絡を受けました。父が残していった闘病ブログの出版という宿題。闘病時の出来事を思い返す作業に強い抵抗を覚え、パソコンから離れた時期もありましたが、懇意にしてくれた父の友人や先輩方とお話する機会をいただき、悲しみの中にいる家族の背中をそっと押してくださいました。生前父はすい臓がん患者が置かれている厳しい現状をひとりでも多くの人に知ってもらいたいと語っていました。突然突きつけられた定めに向き合ったこの記録が何かのご縁でこの本を手にとってくださった方の一助になれば、きっと父も天国で喜んでくれると思います。

最後になりましたが、出版にご尽力いただいた風媒社の劉永昇さんをはじめ、随所で導いてくださった津田正夫さん、寄稿文を寄せてくださった大木圭之介さん、大島敏男さん、帯文を寄せてくださった池上彰さん。そして、ブログの読者ならびに闘病生活を温かく見守り支えてくださった皆さまに、この場を借りて心よりお礼申し上げます。

平成26年8月31日

近藤まり子

近藤　彰（こんどう・あきら）

昭和23年（1948）年大阪生まれ。大学卒業後、1971年放送記者としてNHK入局し、鳥取放送局に配属される。静岡、名古屋局で遊軍や県政、市政を担当。東京局時代にはディレクターやNHKのTV情報誌『ステラ』の編集長も経験する。

名古屋局報道担当部長、同局広報部長を最後に2006年、NHKを定年退職。

2012年10月（財）NHKサービスセンター名古屋支局長を退職。同年12月すい臓がん末期ステージ４bの診断を受け闘病生活に入る。

どーもの休日

2014年10月24日　第1刷発行　（定価はカバーに表示してあります）

著　者　近藤　彰
発行者　山口　章

発行所　名古屋市中区上前津 2-9-14　久野ビル
振替 00880-5-5616　電話 052-331-0008
http://www.fubaisha.com/
風媒社

乱丁・落丁本はお取り替えいたします。　＊印刷・製本／モリモト印刷

ISBN978-4-8331-1108-9